L'EFFONDREMENT

DU MÊME AUTEUR

Pierre Bourdieu : l'insoumission en héritage
(sous la direction d'Édouard Louis)
PUF, 2013 et 2016

En finir avec Eddy Bellegueule
Seuil, 2014
et *« Points », n° P4092*

Histoire de la violence
Seuil, 2016
et *« Points », n° P4466*

Qui a tué mon père
Seuil, 2018
et *« Points », n° P5046*

Au cœur de la violence
(avec Thomas Ostermeier)
Seuil, 2019
et *« Points », n° P5296*

Dialogue sur l'art et la politique
(avec Ken Loach)
PUF, 2021

Combats et métamorphoses d'une femme
Seuil, 2021
et *« Points », n° P5525*

Changer : méthode
Seuil, 2021
et *« Points », n° P5621*

Monique s'évade
Seuil, 2024
et *« Points », n° P6395*

Que faire de la littérature ?
(avec Mary Kairidi)
Flammarion, 2025

Édouard Louis

L'EFFONDREMENT

ROMAN

Éditions du Seuil

ISBN 979-10-414-2521-1

1

Je n'ai rien ressenti à l'annonce de la mort de mon frère ; ni tristesse, ni désespoir, ni joie, ni plaisir. J'ai reçu la nouvelle comme on recevrait des informations sur le temps qu'il fait dehors, ou comme on écouterait une personne quelconque nous dérouler le récit de son après-midi au supermarché. Je ne l'avais pas vu depuis presque dix ans. Je ne voulais plus le voir. Certains jours, ma mère tentait de me faire changer d'avis, d'une voix hésitante, comme si elle avait eu peur de me froisser ou de créer un conflit entre elle et moi :

– Tu sais, ton frère, peut-être que tu devrais lui donner une chance… je crois que ça lui ferait plaisir. Il parle beaucoup de toi…

J'interrompais la conversation brutalement, avec une brutalité que je ne connaissais pas de moi et que je n'aurais jamais osé utiliser avec elle dans un autre contexte ; je disais que je ne voulais plus entendre parler de lui, que ma décision était définitive ; la plupart du temps, elle essayait autre chose, une deuxième fois :

– Mais je lui ai dit, si tu revois ton petit frère tu ne l'embêtes pas avec le passé et avec ce qui est arrivé entre vous. Tu le laisses tranquille. Et il me l'a juré. Il a juré qu'il ne parlerait pas du passé…

Devant mon absence de réponse, elle laissait sa voix s'évanouir dans le silence et elle baissait les yeux vers le sol avant de passer à un autre sujet avec un enthousiasme trop appuyé, une voix trop sonore, et je voyais qu'elle parlait de cette manière pour combler la gêne produite par sa tentative de réconciliation ratée et par mon agressivité soudaine – je suis désolé d'avoir créé cette douleur en elle, peut-être que j'aurais dû faire un effort de plus, mais peut-être aussi que je ne peux dire ce que je dis maintenant que parce qu'il est trop tard, peut-être qu'on ne peut être vraiment et authentiquement désolé qu'une fois qu'il est trop tard, je ne sais pas.

J'ai appris sa mort un mardi, quelques minutes après mon réveil. C'était un jour gris et froid, la condensation sur les fenêtres brouillait le ciel au-dehors ; je lisais et j'ai vu sur mon téléphone que ma mère m'avait appelé à plusieurs reprises ; il était trop tôt, je n'avais pas envie de parler ; mais elle a rappelé, encore, encore une fois, et alors j'ai commencé à imaginer que quelque chose de grave ou en tout cas d'important se passait – une impression vague, comme un instinct diffus, sans langage, sans mots. C'est quand le nom de mon petit frère s'est affiché sur l'écran du téléphone que j'ai eu la certitude qu'il s'était produit quelque chose d'anormal.

J'ai pensé à un accident, à la mort – et j'avais raison.

J'ai décroché ; ma mère pleurait. Elle disait que l'hôpital s'apprêtait à le débrancher – lui, mon frère –, qu'il n'était vivant que parce qu'une machine le maintenait en vie ; la machine faisait battre le cœur d'un corps mort.

La veille il avait été retrouvé par la femme avec qui il avait une relation depuis plusieurs années, effondré sur le sol de son appartement et inconscient, comme un animal à l'agonie, comme une bête. Son corps était au sol parce que son cœur ne battait plus. Quand dans un second temps il a été transporté à l'hôpital les médecins ont constaté que son foie lui aussi avait cessé de fonctionner ; et ses reins, ses reins étaient trop faibles, incapables de remplir la fonction qu'ils étaient censés occuper. Ses organes se dégradaient depuis plusieurs années déjà, trop vite, il avait effectué beaucoup d'allers-retours dans les services d'urgence et dans les hôpitaux au cours des mois qui avaient précédé, et maintenant il n'y avait plus d'espoir, cet effondrement était celui de trop. Les médecins ont dit à ma mère qu'à cause de l'arrêt cardiaque son cerveau n'avait plus reçu d'oxygène pendant plusieurs minutes et qu'il était endommagé, comme s'il s'était éteint à plusieurs endroits, comme les différentes pièces d'un appartement qu'on plongerait dans l'obscurité l'une après l'autre, successivement, ou comme s'il – lui, son cerveau – s'était replié sur lui-même, rétracté, irrémédiablement.

Même s'il survivait, disaient les médecins, même s'il survivait, il ne serait plus capable de marcher après son réveil, plus capable de parler. L'homme qui s'adressait à ma mère et lui donnait les explications lui a dit que ce n'était pas terminé, qu'en plus de tous ces problèmes ils avaient détecté un cancer grave dans son estomac, une grosseur anormale, des cellules contaminées, quelque chose qui étrangement n'avait pas été diagnostiqué auparavant.

Ma mère au téléphone me disait que le visage de mon frère dans le lit du service de réanimation était violet, boursouflé ; mon frère était techniquement mort, l'hôpital pouvait essayer de le maintenir en vie encore quelque temps mais il n'y avait plus de doute, c'était fini, ma mère m'appelait pour me faire savoir qu'elle s'apprêtait à donner l'autorisation à l'équipe médicale de débrancher la machine. Il était mort mais elle était la seule à avoir le droit de le faire mourir. Il avait trente-huit ans.

Il était mort mais elle était la seule à avoir le droit de le faire mourir. Il avait trente-huit ans.

Il était mort mais elle était la seule à avoir le droit de le faire mourir. Il avait trente-huit ans.

FAIT NUMÉRO 1

Un soir, longtemps avant son effondrement, mon frère avait essayé de remonter à la surface.

Il était revenu.

Il avait à peine plus de vingt ans mais cela faisait plusieurs mois qu'il était parti, et quand son corps s'est présenté, là, devant nous, on ne le connaissait déjà plus.

Il était apparu au milieu de la pièce où on dînait, la télé allumée, mon père avec la télécommande à la main, ma mère qui servait le repas, et le regard tourné vers le sol il avait dit :

– Ça y est. J'ai trouvé quelque chose.

Silence.

Mon frère a répété : « J'ai trouvé », et en prononçant ces mots il a sorti de sa poche une feuille de papier plastifiée, semi-translucide ; sur l'une des deux faces de cette feuille, à la fois mate et brillante, il y avait des inscriptions que je n'arrivais pas à lire. Il a regardé le papier dans sa main, puis nous, puis le papier encore, et enfin, après un long moment, il nous a annoncé qu'il avait trouvé du travail chez un boucher de la grande ville la plus proche. Il nous a expliqué : il était entré dans la boutique quelques jours plus tôt, presque par hasard, il avait fait la connaissance du patron et le patron l'avait aimé, immédiatement, tellement que quand il avait compris que mon frère cherchait du travail il lui avait fait une proposition d'embauche, sans véritablement le connaître.

Il nous a dit qu'il était sur le point d'apprendre un nouveau métier, avec des techniques très spécifiques, un savoir que n'importe qui ne peut pas maîtriser, mais que lui, il maîtriserait. Il aurait quelque chose que les autres n'ont pas, il insistait là-dessus, il saurait découper une carcasse, transformer le cadavre d'un animal en une pièce de viande qui ferait saliver ceux qui passeraient devant l'étalage de la boucherie, il saurait extraire d'un corps mort les pièces de viande les plus convoitées, personne n'est capable de faire ça, mais lui, oui, lui, il en serait capable, c'est ce qu'il nous disait, et même, un jour, il ouvrirait son propre commerce et sa propre boucherie – il n'était plus à même de s'arrêter, il parlait vite – il ouvrirait sa propre boucherie et quand son tour viendrait il transmettrait ce savoir si particulier à d'autres, il serait nommé et reconnu comme le meilleur ouvrier de France et il recevrait un trophée pour le récompenser, peut-être qu'il serait invité dans d'autres pays pour enseigner à d'autres ce qu'il aurait appris, qui sait, il voyagerait, voilà ce qu'il nous disait. Mon frère a toujours eu cette tendance à vouloir le monde, il n'a jamais su que rêver grand, jamais de petits rêves, jamais les petits rêves que la plupart des gens formulent au quotidien, trouver un pavillon, acheter une voiture pour les promenades du dimanche, non, il n'a jamais su rêver que de gloire, et je crois que c'est la dimension de ses rêves, et le désajustement entre leur dimension et toutes les impossibilités qui ont formé sa vie, la misère, la pauvreté, le nord de la France, son destin, je crois que ce sont toutes ces contradictions qui l'ont rendu si malheureux.

Mon frère était malade de ses rêves.

Je n'avais que treize ans, mais quand il est apparu dans la cuisine avec ce papier à la main j'ai compris qu'il venait pour se venger de ce que mon père et les autres pensaient de lui.

Il savait que dans notre entourage il était vu comme un raté – c'était le mot qui revenait à son propos, parce qu'il n'avait pas de travail et qu'il n'en cherchait pas vraiment jusqu'à ce jour, parce qu'il avait déjà eu des ennuis avec la police et avec la justice, beaucoup trop pour un garçon de vingt ans, parce qu'il prenait de la drogue, mon frère savait ce que les autres disaient de lui quand il n'était pas là, et ce soir où il était revenu, même si j'étais trop jeune, j'ai vu et j'ai deviné qu'il utilisait cette promesse du futur comme une manière de leur montrer qu'ils avaient eu tort.

Il a tendu le morceau de papier à mon père et mon père l'a saisi. À ce stade tout le monde avait compris, et moi aussi, que c'était une de ces feuilles plastifiées que les bouchers utilisent pour envelopper les pièces de viande. Mon père a inspecté la feuille pendant quelques secondes, les sourcils froncés, le crissement du plastique entre ses doigts, et puis il l'a rendue à mon frère, sans rien dire. Mon frère a repris le papier sans comprendre le pourquoi de cette absence de réaction, le pourquoi de ce silence, pourquoi ce néant après une annonce aussi cruciale, et alors que le silence continuait, et avec lui l'incompréhension, mon père a laissé éclater un long rire sonore.

Il a ri, un long rire saccadé qui remplissait toute la pièce, et il a dit, je me souviens, je sens encore ma présence au milieu de la cuisine, la tiédeur sur mon visage, mon père a dit : Mais tu te fous de ma gueule ou quoi ? Tu crois que je vais croire un raté comme toi qui n'a jamais été capable de foutre quelque chose de sa vie ? Un bon à rien comme toi ? Tu crois que je vais te croire parce que tu m'as apporté un bout de papier que n'importe qui peut me ramener ? Mais tu me prends vraiment pour un con ou quoi ? Tu penses que je suis assez débile pour confondre un bout de papier que tout le monde peut trouver n'importe où et un contrat de travail ? Allez dégage – et il s'est tourné vers l'écran de télévision. Il a continué son émission, comme si de rien n'était, comme si mon frère n'était jamais apparu.

Je ne sais plus comment mon frère a réagi. Je ne sais plus s'il a protesté, s'il a crié pour se défendre ou s'il a simplement regardé le morceau de papier dans sa main, sans rien dire, le visage baissé et silencieux.

Mon père se trompait. On ne pouvait pas exactement en être sûrs le jour de l'annonce mais on le sait maintenant, mon frère avait dit la vérité, une semaine plus tard il allait commencer à travailler dans cette boucherie – avant d'être renvoyé à cause de ses problèmes d'alcool et de ses retards systématiques, c'est vrai, mais c'est une autre histoire, ce soir-là il n'avait pas menti.

Je me souviens : il est sorti de la maison en silence – je crois. On ne savait pas où il était reparti. Une heure plus tard il a téléphoné à notre mère. Il pleurait. Il lui a dit qu'il était allongé sur une voie ferrée, il attendait qu'un train vienne le percuter, il voulait mourir. Il disait à notre mère de bien écouter le silence autour de lui, c'était celui de la campagne autour de la voie ferrée, celui des arbres dans la nuit, c'était le silence de la terre humide. Il a cru qu'elle le soutiendrait, qu'elle serait de son côté, elle était souvent moins dure que mon père avec lui, mais tandis que mon frère lui parlait elle est restée muette, et mon père a repris son rire, *Ah, ah, et maintenant un suicide, on aura tout vu avec lui, allez, bon suicide, à plus.*

Et ils ont raccroché.

Plus tard mon frère racontera que sa vie n'a plus jamais été la même après cette scène. Il dira que cette scène du papier de la boucherie a été une étape de plus dans sa Blessure, et donc, je le crois, dans ce qu'il considérait et avait toujours considéré, depuis les origines, comme le cœur de son existence.

La voix de ma mère tremblait dans le téléphone. À la fin de la conversation avec elle, je lui avais promis que je la rejoindrais dans le Nord pour l'aider dans ses démarches avec l'hôpital et avec les pompes funèbres. Elle m'avait demandé :

– Quand est-ce que tu penses que tu pourrais partir ?

Et j'avais répondu :

– Tout de suite.

Elle avait répété, quelque part entre un ordre et une imploration :

– Oui, tout de suite. J'ai besoin que tu sois là.

J'ai vu sur mon téléphone qu'un train partait une heure plus tard ; j'étais encore en sous-vêtements, il me fallait me doucher et préparer quelques affaires, quarante minutes séparaient la gare de l'appartement dans lequel je vivais, je devais me dépêcher, je me brossais les dents sous la douche et je pensais, *Dépêche-toi*, je savonnais mon corps et je chuchotais en moi-même, *Dépêche-toi, Dépêche-toi*.

J'ai couru dans la rue, les cheveux mouillés, le froid du dehors glaçait la racine de mes cheveux à cause de leur humidité et c'était une chose si étrange de courir pour la mort de mon frère. Je me demandais si les gens dans la rue pouvaient s'imaginer la raison pour laquelle je courais. J'ai songé que toutes les fois où j'avais vu quelqu'un courir dans la rue, j'avais toujours systématiquement présupposé que cette personne courait parce qu'elle avait peur de rater un bus ou un rendez-vous de travail important, en tout cas quelque chose d'anecdotique, pas la mort d'un frère.

Mon frère est mort. Je retournais cette phrase dans ma tête. Les premières pensées qui émergeaient en moi étaient simples : « Je ne le verrai plus jamais, je ne l'entendrai plus jamais. » La mort est banale, tout le monde sait qu'il ou elle pensera des phrases comme celles-là et pourtant ces phrases apparaissent chaque fois comme si elles étaient nouvelles, comme si elles étaient vécues pour la première fois.

Comme si à chaque mort le monde recommençait.

« Je n'entendrai plus jamais le son de sa voix. Il n'existe plus. »

Ces phrases ne me faisaient pas de peine, elles me surprenaient c'est tout.

Et puis des images ont surgi :

La fois où mon frère avait mis le feu aux gradins du stade du village.

La première fois qu'une femme avait appelé mes parents en pleine nuit pour leur dire que mon frère la frappait.

Toutes les fois où je l'observais gratter des tickets de loterie en espérant gagner une somme énorme et changer de vie.

Toutes les fois où il me traînait pour faire le tour des agences de recrutement avec lui à la recherche d'un travail éreintant et mal payé, les seuls auxquels il avait accès.

Toutes les fois où il m'avait dit qu'il souffrait.

Je savais qu'il faudrait un jour organiser ces souvenirs, en faire quelque chose.

Je suis arrivé à la gare à temps et je suis monté dans le train, essoufflé. Le wagon était vide ; autour de moi, le silence et les murmures étouffés par les banquettes, en plus des teintes grises et pâles du ciel à travers les fenêtres, me donnaient l'impression que le monde entier s'était accordé pour créer une toile de fond compatible avec la situation que je traversais. J'ai envoyé un message à ma mère : *Je suis en route, je te retrouve dans un peu plus d'une heure.*

Le message n'était pas distribué. Elle devait se trouver à l'hôpital, derrière des murs épais, près du cadavre de son fils.

FAIT NUMÉRO 2

Apprendre à connaître mon frère c'était apprendre à le hair : une autre nuit, nos corps avaient été rapprochés par des circonstances extérieures à nous, et alors j'ai compris qui il était, et je l'ai haï. C'était des années après la scène du papier de la boucherie, et mon frère vivait dans la ville où j'allais au lycée ; il s'était installé dans un studio miteux de douze ou treize mètres carrés accolé à un garage, en vérité sans doute le local qui auparavant servait à stocker des outils et des pièces automobiles, transformé en un studio, avec sur les murs des taches de rouille et dans la pièce unique une odeur de carburant qui flottait dans l'air. Le propriétaire laissait mon frère vivre dans cet espace, en échange de quoi il l'aidait à faire des travaux dans des appartements qu'il achetait et qu'il rénovait pour les revendre.

Je ne sais plus si j'en ai eu l'idée seul ou si quelqu'un me l'a suggérée mais j'ai pensé que je pourrais dormir chez lui pendant la semaine des examens au lycée, ceux du baccalauréat. J'avais imaginé que je dormirais mieux et plus longtemps que si j'étais resté chez mes parents qui habitaient à quarante kilomètres de là ; je l'ai appelé pour savoir s'il était d'accord et il a accepté. Il m'a dit que ce serait une bonne chose, j'éviterais la fatigue des transports. Il disait même – c'était étonnant, de sa part – que je pourrais utiliser le temps gagné pour réviser tout ce que je devais savoir, relire les manuels et mes notes.

J'avais préparé un sac avec quelques affaires et je suis arrivé chez lui. Je me souviens, dès les premières secondes j'ai compris que je ne saurais pas comment me comporter : je sentais la distance entre nous qu'il essayait de dissimuler en faisant des mouvements trop grands avec les mains, en mimant une proximité qui n'existait pas entre lui et moi.

Pourtant, ce soir-là, dans son studio au milieu du désordre et des minuscules morceaux de tabac filandreux qu'il laissait partout sur son passage, quelque chose était différent des autres fois : mon frère essayait d'être aimable, je le voyais. Il m'a demandé ce que je préférais manger, il irait acheter ce qui me ferait plaisir, pourquoi pas une pizza :

– Il y a rien de meilleur qu'une bonne pizza, c'est pas vrai ?

Sur cette question il s'est levé et il a mis son manteau ; il a enfilé ses chaussures et il m'a suggéré de profiter de son absence pour relire mes notes de cours, ce que j'ai fait – j'avais emporté avec moi des analyses du roman de Laclos *Les Liaisons dangereuses* et aussi des *Pensées* de Pascal, griffonnées sur des feuilles de papier cartonnées.

Une vingtaine de minutes plus tard il est revenu ; il tenait entre ses mains deux boîtes en carton mais aussi un sac de plastique bleu ciel que la condensation rendait transparent ; à cause de la condensation j'ai vu qu'il y avait des bières à l'intérieur. Mon frère a surpris mon regard inquiet en direction du sac ; il a haussé les épaules et il a murmuré que ce n'était qu'un peu de bière pour accompagner les pizzas. Il murmurait, comme si c'était à lui-même qu'il voulait donner une explication. Les bières étaient celles de la marque 8.6, je l'avais remarqué, les plus fortes de toute la gamme, celles qu'il préférait parce qu'elles avaient un degré d'alcool deux fois supérieur aux autres. Il a ouvert une canette et nous avons mangé en continuant à discuter ; pendant le repas il s'est servi une deuxième canette d'un demi-litre, puis une troisième, ses yeux brillaient plus fort qu'au début de la soirée, sa prononciation et ses réactions étaient plus lentes, pourtant je ne me suis pas trop inquiété, je me répétais qu'il n'avait que trois bières, et qu'après celle qu'il était en train de boire ce serait fini, il serait l'heure d'aller dormir.

Nous avons terminé les pizzas, mais – et je le comprends aujourd'hui, c'est avec cette phrase que la soirée a basculé – mais tandis que je débarrassais la table mon frère m'a dit qu'il allait ressortir pour acheter une bière de plus. Il avait parlé de la manière la plus assurée et la plus ferme possible pour contrer mes protestations.

J'ai répondu que je devais me reposer et me coucher tôt pour le lendemain, c'était important pour moi mais il me rassurait, ce n'était rien, juste une bière, une de plus pour finir la soirée tranquillement.

Il essayait de m'attendrir, il retrouvait enfin son petit frère qu'il ne voyait pas assez, et ce bonheur de me retrouver lui donnait l'envie d'être festif, pas grand-chose, juste une bière de plus, cette bière, c'était seulement une manière de clore une soirée parfaite, est-ce que je n'étais pas content moi aussi d'être avec lui ? Je me suis tu. Je voyais sa décision déjà prise dans la détermination de son regard et dans le rythme de ses phrases.

Mon frère est reparti, la porte s'est refermée et j'ai continué de lire mes notes pour l'épreuve du lendemain.

Moins d'une demi-heure plus tard il a resurgi, un nouveau sac plastique à la main ; quand il s'est approché j'ai vu qu'il n'y avait pas une bière à l'intérieur mais trois, peut-être quatre. J'ai laissé échapper un soupir :

– Je passe mes examens demain…

Mon frère a soufflé lui aussi, mais son souffle n'était pas un souffle de désespoir, plutôt quelque chose de fatigué ; il m'a demandé d'arrêter de lui donner des leçons. Il s'est assis devant la table, il a ouvert une canette d'un demi-litre et il l'a bue, très rapidement. Puis une autre encore. Il essayait de me parler mais je ne lui répondais plus ; je ne comprenais pas comment il pouvait être aussi cruel et égoïste, comment il pouvait ne pas se retenir de boire ne serait-ce qu'un seul soir, dans un moment aussi important pour moi, comment il pouvait jouer avec ma vie, c'est cette formule que je ressassais, Il joue avec ma vie, il va détruire mon avenir pour quelques bières mais ça ne compte pas pour lui, je vais rater mes examens et à cause de lui je n'irai pas à l'Université mais ça ne compte pas pour lui.

Il était un peu plus de minuit. Il terminait la deuxième bière de son deuxième aller-retour à l'épicerie, c'est-à-dire la cinquième de la soirée, et je lui ai répété qu'il fallait que je dorme maintenant, mon réveil était programmé pour sept heures le lendemain, il fallait que je dorme.

Mon frère m'a dit de me coucher, il me rejoindrait bientôt ; il fumait une dernière cigarette. Je me suis allongé sur le canapé qui était resté déplié, j'ai enveloppé mon corps dans le drap, j'ai fermé les yeux et j'ai essayé de m'endormir ; mais quelques secondes après j'ai entendu le bruit d'une canette.

Il ouvrait une autre bière.

Je n'ai rien dit.

J'entendais le bruit de la bière qui coulait dans sa gorge, les bruits de sa bouche quand il déglutissait.

Et je pensais à lui, et je pensais, Je le hais, je le hais.

C'est quand il a allumé la musique que ma colère a explosé. J'essayais d'ignorer sa présence mais soudain il avait allumé la musique sur la grande télévision placée juste à côté du canapé où j'étais allongé et il avait tourné le volume au maximum, la musique hurlait dans mes tympans. J'ai ouvert les yeux, je me suis redressé et j'ai dit le plus agressivement possible :

– Mais qu'est-ce que tu fais ??????

Cette troisième bière qu'il avait bue depuis son retour – et donc la sixième – avait transformé son état. Je ne l'avais pas vu parce que je fermais les yeux mais en me redressant et en le regardant, tout à coup, je le voyais : ses yeux brillaient et luisaient, ses paupières étaient devenues lourdes, sa bouche pâteuse ; c'était comme si les mots que je prononçais arrivaient désormais à l'état solidifié contre lui, il ne m'entendait plus, je lui disais : *Mais arrête la musique ! Je dois dormir !* mais mon frère ne réagissait pas, il continuait de me fixer avec un air ahuri, sa bouche semi-ouverte, comme un mur.

Je voulais lui faire du mal pour tenter de parvenir jusqu'à lui, je l'insultais : Mais tu t'en fous vraiment de moi et de ma vie ? Tu t'en fous de tout gâcher espèce de connard ? Je te déteste putain, et lui, tandis que je criais, me regardait comme une suite de symboles qu'il ne parvenait pas à déchiffrer, comme ce mur qu'il était devenu, comme si l'alcool engendrait en lui un devenir-mur.

J'ai abandonné. Il était plus d'une heure du matin. Je me suis allongé et j'ai fermé les yeux : j'ai mobilisé toutes les ressources de mon corps pour me rendormir mais je ne pouvais pas, la musique agressait mes oreilles. En moi progressivement le désespoir avait remplacé la colère, je pensais, *C'est fini.* Je pensais, *Demain je raterai tout et je n'irai jamais à l'Université.*

Quand il est sorti une troisième fois pour acheter de nouvelles bières je n'ai même pas réagi. Je l'ai laissé partir, et une fois sans lui j'ai arrêté la musique.

Vers quatre ou cinq heures du matin il m'a rejoint : il s'est déshabillé et il s'est allongé sur le canapé-lit. Je sentais l'odeur de l'alcool macéré dans son estomac et rejeté par sa bouche quand il respirait. Il s'est collé contre moi et je le repoussais avec mes jambes de l'autre côté du matelas, j'essayais de lui faire mal, il était inconscient de tout ce qui se passait, comme un corps mort, je sentais sa transpiration, les fluides de son corps, je pouvais voir son sexe violet et tendu par le sommeil qui sortait de son sous-vêtement. Il me dégoûtait.

Le lendemain j'ai passé mes examens et j'ai demandé à Elena, ma meilleure amie au lycée, si je pouvais dormir chez elle les nuits suivantes. Je lui ai tout raconté, ce que mon frère avait fait, les bières, la musique, et elle m'a dit que bien sûr, bien sûr je pouvais dormir chez elle.

En fin d'après-midi, mon frère m'a appelé sur mon téléphone portable, il voulait savoir à quelle heure j'arriverais pour la deuxième nuit. Je n'ai pas répondu.

La voix de ma mère tremblait dans le téléphone :

– Quand est-ce que tu penses que tu pourrais partir ?

J'ai répondu :

– Tout de suite.

Et elle a répété, quelque part entre un ordre qu'elle aurait donné et une supplication :

– Oui, tout de suite.

Dans le train j'avais emporté des livres sur le thème de la mort que j'avais maladroitement entassés dans mon sac à dos dans l'espoir de saisir ce qui m'arrivait, ou plutôt, ce qui venait de se produire. J'ai posé le sac à mes pieds et j'en ai extrait l'essai de Joan Didion, *L'Année de la pensée magique*. En le feuilletant, le livre s'était de lui-même ouvert sur une page cornée lors de ma première lecture, plusieurs années plus tôt, celle où Didion, en lisant Philippe Ariès et ses études sur le Moyen Âge, s'interroge sur les signes que celui qui va mourir peut percevoir avant quiconque. Didion et Ariès parlent d'une connaissance qui n'est pas celle de la science ou de la médecine, qui n'est pas celle d'un état de santé qui se dégrade et dont on sait qu'il s'approche de l'anéantissement, comme le seraient, par exemple, les différents stades d'un cancer.

Ils parlent au contraire d'une connaissance qui n'est pas mesurable, que seule la personne concernée par la mort possède, comme un signe, un avertissement, « la mort laisse le temps de l'avertissement », dit Ariès en racontant l'histoire de ces hommes du Moyen Âge qui s'allongeaient après un long périple et annonçaient qu'ils allaient mourir, quand bien même ils ne présentaient aucun signe apparent de faiblesse ou de maladie.

Tandis que j'observais le défilé des champs et des forêts par la fenêtre du train, à quelques centimètres de mon visage, je m'interrogeais : est-ce que mon frère avait ressenti une chose pareille quand il était en vie ? Est-ce qu'il avait su avant tout le monde qu'il allait mourir, avant même qu'apparaissent les signes cliniques de la possibilité de la mort ? Est-ce qu'il l'avait su sous la forme d'une certitude intime, d'un savoir inexplicable, presque surnaturel, comme une conversation silencieuse entre un homme et ses organes ?

Mon petit frère dit maintenant que durant les années avant sa mort, quand sa santé était encore relativement stable, il – lui, mon grand frère – parlait de tout ce que mon petit frère pourrait garder s'il – lui, mon grand frère – venait à mourir. Mon petit frère insiste, *Et je te jure pourtant à ce moment-là on aurait jamais pu croire que ça arriverait.* J'imagine mon grand frère, seul, dans la nuit, conscient de sa propre mort à venir, sans langage pour le dire, la mort comme un flot noir et fantomatique entrer à l'intérieur de sa bouche. Comme un vomissement inversé.

L'avertissement de la mort.

FAIT NUMÉRO 3

La vie de mon frère s'ouvre sur sa Blessure. C'est en tout cas ce que prétend ma mère quand je l'interroge.

Elle reconstitue ce qu'elle voit comme les origines : l'homme avec qui elle vivait, son premier mari, le père de mon frère et de ma grande sœur, s'était mis à boire après leur installation ensemble ; il buvait chaque jour jusqu'à l'ivresse, comme le ferait mon frère des années plus tard, comme un présage, et ma mère n'a plus supporté : elle est partie et elle a demandé le divorce.

Soudain mon frère n'avait plus de père : après la rupture il n'avait plus voulu voir ses enfants, ou presque plus ; quand mon frère l'appelait pour passer du temps avec lui, son père répondait qu'il ne pouvait pas à cause de son travail.

Ma mère :

– Mais moi je savais que c'était pas vrai. Je savais que depuis qu'il s'était remarié il s'en foutait de sa vie d'avant et de ses enfants, il voulait passer à autre chose. Bien sûr je le disais pas à ton frère. Je lui mentais pour le protéger. Mais un jour, ton frère a eu un gros problème de dents et je sais pas pourquoi, il a insisté pour que ce soit son père qui l'emmène chez le dentiste. Il était petit, il avait peut-être dix ans, tu sais les idées qu'on peut se mettre en tête à cet âge-là. J'ai appelé son père pour lui en parler mais il m'a répondu qu'il était bloqué par son boulot. Il travaillait comme plombier. Sauf que le jour du rendez-vous avec le dentiste on a croisé son père dans la rue. Il faisait des câlins à la petite qu'il venait d'avoir avec sa nouvelle femme, il lui souriait, il jouait avec. Ton frère a vu ça et il a pleuré. Il a jamais oublié.

Quand je lui pose des questions, à elle, puisque je ne connais pas mon frère, puisque je n'ai jamais cherché à le connaître avant sa mort, ma mère raconte que dès les premiers jours qui ont suivi la séparation mon frère a développé des comportements bizarres ; à l'école ou à la colonie de vacances, quand un adulte lui proposait de dessiner, il ne dessinait pas la même chose que les autres enfants, contrairement à eux il ne dessinait jamais d'arbres ou de fleurs ; il dessinait des cadavres. Ma mère se souvient d'un dessin rouge, un fleuve de sang, elle n'a jamais oublié ni les corps ni les cercueils qui flottaient à la surface du fleuve imaginaire.

Elle parle aussi de ses tentatives de fuir, à la même époque. À l'école primaire, sans que personne puisse prévoir ou anticiper quand il le ferait, mon frère se levait et il sortait en courant de la salle de classe.

Il fuyait.

Il dépassait le périmètre de l'école et il courait à travers les rues, à travers les bois qui délimitaient l'entrée et la sortie du village, à travers les champs de colza. Personne ne savait où il allait. Quand on l'interrogeait, il répondait qu'il cherchait son père, comme l'enfant du *Gamin au vélo*, le film des frères Dardenne. Ma mère raconte qu'un jour, lors d'une de ces tentatives de fuite l'instituteur a essayé de le rattraper ; il a saisi mon frère par le bras, et comme il se débattait l'instituteur l'a jeté au sol.

– C'était qu'un gosse. Il allait pas bien dans sa tête c'était pas de sa faute. Et l'autre, il l'a jeté par terre. Ton frère il avait le bras tout arraché, du sang partout.

Pourtant, en dehors de ces quelques fois où il se comportait d'une façon étrange, l'histoire de l'enfance de mon frère est une histoire plutôt silencieuse. Ma mère jure qu'à part ces quelques événements, il était un enfant calme et facile :

– C'était l'enfant le plus sage, le plus gentil que j'aie connu. J'aurais bien aimé qu'à son âge tu sois aussi gentil que lui.

Est-ce que ce silence était justement la preuve d'une chose qui se passait ? Est-ce qu'il – le silence – était la condition pour que mon frère puisse construire en lui, patiemment, lentement, la tempête qui un jour le précipiterait vers sa chute ?

C'est aussi ce que me disent les femmes que mon frère a aimées pendant sa vie. Quand suite à sa mort je les ai appelées l'une après l'autre en cherchant leurs coordonnées sur internet, elles m'ont toutes assuré de la même chose : c'est qu'en dehors de ses crises et de ses explosions, mon frère était la personne la plus douce et la plus gentille au monde, la plus calme qu'elles aient jamais rencontrée :

– Il était prêt à tout pour aider les autres. Un jour ma fille rêvait d'avoir des chaussures. C'étaient des baskets qui coûtaient cher. Ton frère, il venait de retrouver du travail, il en avait cherché pendant longtemps. Mais quand il a eu son premier salaire, il a acheté les chaussures pour ma fille. Elles coûtaient le prix de la moitié de son salaire, mais il les a achetées quand même. Je lui ai dit Tu es fou, et lui il répondait Mais non c'est normal. C'est normal.

C'est avec les vols que mes parents ont commencé à s'inquiéter. Mon frère avait seize, dix-sept ans. Des objets à la maison disparaissaient et mon père a compris que c'était lui qui les volait pour les revendre et s'acheter de l'alcool et de la drogue – rien de grave, de l'herbe seulement.

La première fois, mon autre frère, le plus jeune, était rentré de l'école en fin d'après-midi et il s'était aperçu que sa console de jeux avait disparu. Il y jouait tous les jours, elle était l'objet le plus précieux qu'il possédait, et en entrant dans sa chambre il avait constaté qu'elle n'était plus là.

Mon grand frère s'est volatilisé pendant quarante-huit heures. Quand il est réapparu ses yeux brillaient ; ses vêtements dégageaient une odeur de fumée, il puait l'alcool ; c'était l'herbe et le whisky qu'il avait pu acheter en vendant la console de jeux.

Mon père l'a saisi par le col, il lui a mis une gifle et il l'a entraîné dans la salle de bains. Là, il l'a allongé dans la baignoire, entièrement habillé. Je regardais la scène, terrifié par le corps immense de mon père qui renversait le corps de mon grand frère. Mon père a actionné l'eau froide et il a arrosé mon frère qui se débattait. Il criait : « Maintenant tu vas arrêter tes conneries ! »

Mon frère n'a pas arrêté. D'autres objets ont disparu. D'autres situations conflictuelles entre lui et mes parents ont parsemé ces années : il a bu, volé de l'alcool au supermarché du village, il a menti. Pourtant, aucun de ces incidents n'aurait pu entièrement nous donner une idée de ce que mon frère allait devenir : toutes les adolescences ou presque comportent des scènes comme celle-là.

Une autre femme que j'ai réussi à contacter et qui a été sa monitrice dans un camp d'été m'a parlé de la personne que mon frère était :

– De tous les garçons du camp de vacances c'était lui que je préférais. Il avait toujours un sourire au visage, il était serviable. Quand le soir il fallait préparer le repas pour le groupe, il était le premier à vouloir aider. Il chantait en faisant la cuisine pour les autres, il nous faisait rire. Si tu l'avais vu ! À la tombée de la nuit, quand tout le monde partait se coucher, je restais avec lui à l'écart du campement. On s'asseyait sur l'herbe et on discutait. On fumait. Il me disait que son père lui manquait, il était tendre. Et surtout, quand je lui parlais de moi, de ma vie et de mes problèmes, il m'écoutait. Je ne sais pas si tu t'en rends compte, mais la plupart du temps, les gens n'écoutent pas les autres, les hommes encore moins. Mais lui m'écoutait.

Si je crois ma mère et cette femme, mon frère était donc non seulement un des enfants, mais aussi un des adolescents les plus doux qu'elles aient connus.

FAIT NUMÉRO 4

Et un jour mon frère a disparu. Il était ami depuis le collège avec deux garçons, des jumeaux qui vivaient dans un village à six kilomètres du nôtre, Jayson et Thomas Boinet. Mon frère avait à peine dix-huit ans et il passait de plus en plus de temps chez eux, dans leur maison en lisière des forêts et des champs de betteraves. Il partait pour des périodes de quelques jours, d'abord les week-ends et puis en semaine. Mon père avait essayé d'empêcher ce rapprochement. On entendait dire des Boinet qu'ils vendaient et qu'ils achetaient de la drogue, qu'ils buvaient de l'alcool, trop d'alcool pour des garçons de leur âge, on disait qu'ils buvaient avec leur mère et que ce faisant, ils transgressaient la frontière entre l'autorité des parents et l'obéissance des enfants, cette frontière que mon père considérait comme sacrée. Il avait ordonné à mon frère de ne plus jamais aller chez eux, mais mon frère ne l'écoutait pas ; il dormait sur le canapé des Boinet, il désactivait son téléphone pour que personne ne puisse l'appeler, et deux ou trois jours plus tard il rentrait à la maison le visage creusé, les cernes noircis, exténué par les fêtes et les nuits sans sommeil avec ces nouveaux amis, abruti par leurs après-midi à jouer aux jeux vidéo, sans interruption, malade de l'alcool qu'il buvait et que, selon ma mère, ils lui faisaient boire, qu'il ne buvait pas mais que ses amis lui faisaient boire, comme s'ils étaient responsables de tout ce qu'il faisait. Mon frère partait chez les Boinet à des fréquences de plus en plus régulières donc, mais un jour il n'est pas revenu. Les heures et les nuits passaient. Une semaine, puis deux. Notre mère a commencé à se demander pourquoi il restait aussi longtemps. Elle ne s'inquiétait pas encore, elle s'interrogeait à voix haute, elle voulait savoir si on avait des nouvelles de lui, peut-être par des amis, peut-être par des voisins, et finalement mon frère a appelé pour nous dire qu'il ne rentrerait plus jamais à la maison. Plus jamais.

Ma mère a voulu savoir pourquoi il disait une chose pareille. Elle a pensé à une blague, ou peut-être que mon frère avait trop bu et qu'il disait des phrases vides de sens, en tout cas elle ne l'a pas pris au sérieux, et mon frère s'est mis à hurler dans le téléphone.

Il faut comprendre, cette détonation qui allait transformer l'existence de mon frère tout entière et d'une manière irréversible était arrivée sans aucun signe précurseur. Personne n'aurait pu le soupçonner.

Ma mère a d'abord essayé de rire de la réponse de mon frère. Elle lui a dit d'arrêter de raconter n'importe quoi et de rentrer à la maison, Mais qu'est-ce que tu inventes toi encore, ça va pas dans ta tête, allez reviens ou on va se fâcher, mais mon frère ne l'a pas laissée aller plus loin, il a hurlé, plus fort, *Écoute !!!!!!!!!!!!!!!!!!!!!!!!!!!!!* Il a répondu que personne ne le prenait en considération à la maison, que ma mère l'abandonnait et qu'elle n'était pas une mère pour lui, mais que les Boinet, eux, étaient là, qu'ils s'occupaient de lui et qu'ils prenaient soin de lui, mon frère criait, *Tout le monde dit du mal des Boinet parce qu'ils fument de l'herbe ou parce que leur mère s'habille comme elle en a envie sans faire attention à ce que pensent les autres, parce qu'elle est libre, mais elle, elle sait ce que ça veut dire, aimer*, il hurlait, *Elle sait écouter, elle sait comment rassurer quelqu'un quand la vie est trop dure,* il disait qu'elle savait lui parler, à lui, mon frère, lui donner des conseils, contrairement à notre mère, il reprochait à ma mère de ne s'être jamais occupée de lui, *Tu m'as toujours laissé crever comme un chien sur le bas-côté, parce que toi tu es soumise à papa, tu n'es pas libre, tu es pas comme la mère de Jayson, les autres critiquent leur famille et ils disent du mal d'eux mais les autres ne comprennent rien, ils feraient mieux de se regarder eux-mêmes*, mon frère a dit à ma mère qu'il la détestait, qu'il les détestait elle et mon père de n'avoir jamais écouté ce qu'il avait à dire, de ne jamais l'avoir soutenu ou mis en avant, il les accusait de l'avoir écrasé pendant toute son enfance et son adolescence, il les détestait parce que, à cause d'eux, il était détruit, mais c'était fini maintenant, grâce à ses amis il allait se reconstruire.

Ma mère a raccroché, assommée. Elle ne savait pas que mon frère couvait cette haine pour elle à l'intérieur de lui – et je crois qu'elle était sincère, elle ne savait pas, il ne faut pas lui en vouloir. À la fin de l'appel téléphonique, elle a soupiré et elle a dit à mon père, les yeux grands ouverts et la mine stupéfaite, comme si elle venait d'apercevoir un fou qui poussait des cris dans les rues : « Mais ça va pas bien l'autre à inventer des trucs comme ça. »

À compter de ce jour l'existence de mon frère est devenue pour nous un récit. On nous disait – mais comment est-ce qu'ils pouvaient le savoir, peut-être qu'ils exagéraient, non ? – on nous disait que mon frère ne faisait plus que boire et prendre de la drogue avec ses amis les jumeaux Boinet, et jouer aux jeux vidéo jusqu'à ne plus savoir quand finissait le jour et quand commençait la nuit, qu'il ne faisait plus rien d'autre, qu'il n'allait plus au lycée où il avait commencé une formation d'ouvrier du bâtiment, que son existence était vidée de toute autre forme de réalité. Les gens du village ont commencé à parler de lui, sur lui, à nous mettre en garde à propos de la mauvaise direction que prenait sa vie. Ils accusaient ma mère, je les entendais chuchoter dans les rues, enveloppés par les murs de brique et par le brouillard, ils accusaient ma mère de n'avoir pas su l'élever, ils disaient qu'un enfant ne part pas de chez ses parents, comme ça, sans travail, sans aucune sécurité ou garantie et aussi jeune, ils disaient qu'il y avait quelque chose de suspect et qu'à un âge comme celui-là les problèmes ne peuvent venir que des parents.

[Pourquoi est-ce qu'il est parti ?]

Je me souviens du silence. Je me souviens comment les nouvelles de mon frère et de sa vie chez les Boinet nous arrivaient par touches minuscules, comme dans le processus de création d'un tableau où les premiers gestes du peintre ne permettent pas de deviner la toile à venir ni même l'objet qu'ils représentent ; jusqu'à ce jour où ma mère a reçu un appel des gendarmes pour nous avertir que mon frère avait été arrêté. C'était le premier appel, le premier d'une longue série d'autres appels exactement similaires qui allaient devenir un de nos rares liens avec son existence, pendant plusieurs mois.

La voix que projetaient les enceintes dans le train a annoncé l'arrivée à Amiens, cette ville où mon frère venait de mourir. La voix du train était comme celle d'une personne qui vous réveille tôt le matin, douce et fatiguée, les mots à peine diffusés étaient immédiatement absorbés par le silence et par l'épaisseur des banquettes. J'ai pris mon sac à dos, le livre de Joan Didion que je tenais à la main, et je suis descendu. Dehors il faisait froid, un froid humide et désagréable. J'ai envoyé une série de messages à ma mère pour lui dire que j'étais arrivé et que je l'attendrais dans un café quelque part. Je lui ai dit que je patienterais le temps qu'il faudrait, deux, trois, quatre heures s'il le fallait, je pourrais même prendre une chambre d'hôtel et me reposer là-bas si les démarches tardaient – je ne savais pas exactement ce que je voulais dire par « démarches ». Je ne m'inquiétais pas trop (j'avais tort). Quand je lui avais parlé au téléphone, avant de partir, ma mère avait pleuré en m'annonçant la mort de mon frère mais très vite elle s'était reprise et elle m'avait dit :

Bon, je pense qu'il faudrait l'enterrer dans le caveau avec ses grands-parents je peux quand même pas le laisser enterré tout seul loin des autres c'est mon fils je ne peux pas le laisser tout seul

bon

après c'est vrai qu'il faut que je demande à la mairie où vos grands-parents sont enterrés pour voir si c'est autorisé je suis pas sûre j'en sais rien moi comment on sait ces trucs-là

je sais pas

je vais leur demander

je sais pas si on a le droit d'ajouter quelqu'un dans un caveau si ça a pas été prévu à l'avance il va falloir que je m'occupe de tout ça et que je m'occupe de la messe aussi de l'enterrement ton frère il a toujours voulu une cérémonie à la cathédrale d'Amiens mais est-ce que c'est possible ou pas il faut que je me renseigne tu le connais ton frère enfin bon même si tu le connais tu sais qu'il a toujours cru en Dieu contrairement à toi alors faut que je me renseigne en plus de nos jours il y a de moins en moins de curés pour en trouver un bonjour ça va pas être simple mais c'est vrai aussi que je me rappelle que quand j'ai perdu ma mère les pompes funèbres ils nous ont aidés là-dessus c'est vrai qu'ils savent faire leur métier ils s'occupent de tout de A à Z cérémonie enterrement crémation plaques même fleurs, ça te coûte un bras mais qu'est-ce que tu veux c'est comme ça on y peut rien je crois qu'il y a des pompes funèbres pas trop chères du côté de l'hôpital je vais aller voir.

Dans un autre contexte, un monologue comme celui-là pourrait s'apparenter à un jeu formel ou à une expérimentation littéraire. Dans le cas de ma mère, c'était du réalisme ; du documentaire. J'avais été forcé de l'interrompre et je lui avais répété que je la rejoindrais, que bientôt je serais avec elle pour l'aider ; une fois arrivé à Amiens et descendu du train, j'ai repensé à cette tirade et je me suis rassuré en me disant que ma mère souffrait moins que j'aurais pu le craindre. Ce n'est que le soir même, quand je m'installerai dans la chambre d'amis de la petite maison où elle vit, en bordure des champs, quand je la croirai endormie, ce n'est qu'à ce moment-là que je comprendrai mon erreur.

J'avais allumé la lumière et rouvert le livre de Joan Didion ; j'avais lu qu'à la mort de son mari Didion s'était précipitée, mentalement, sur les conséquences administratives de la mort. Elle comprend, après coup, que les personnes en deuil repoussent le moment où elles devront se confronter à la mort en se focalisant sur des questions purement techniques et désincarnées. La date de l'enterrement, le lieu, les formalités, tous ces éléments servent à retarder l'instant fatal où il faudra affronter l'essentiel, ou plutôt, la vérité : c'est-à-dire la disparition irréversible d'un être aimé.

Joan Didion nous avertit qu'il faut se méfier de notre tendance à croire qu'une personne va bien seulement parce qu'elle ne présente pas les apparences du malheur. J'avais cru que ma mère allait bien parce qu'elle parlait d'autre chose, j'avais eu tort ; c'était en fait la preuve qu'il y avait un problème. Elle était une femme fuyant l'annonce : elle ne verrait plus jamais son fils. Elle ne lui parlerait plus jamais.

Son nom s'est affiché sur l'écran de mon téléphone. Le message disait : « C'est fini. Rejoins-moi sur le parking du cirque dans 15 minutes. » Je me suis levé, j'ai payé les cafés que j'avais bus et j'ai traversé la ville. Il n'était que dix-sept heures mais la nuit était déjà profonde.

Quand je suis arrivé aux abords du cirque j'ai aperçu la silhouette de ma mère et celles de mes frère et sœurs, comme des ombres grises dans la nuit. Je me suis approché ; en me voyant, ma mère a marché dans ma direction et, une fois devant moi, elle m'a serré dans ses bras. C'était étrange, j'avais le sentiment d'être un spectateur de la scène qui se déroulait. Tous mes gestes, toutes mes attitudes, tout me semblait faux et imité, comme si j'avais vu cette scène tellement de fois à la télévision ou au cinéma que mon corps l'imitait spontanément, la reproduisait à l'identique. Je jouais un rôle mais je ne pouvais rien faire pour m'arrêter ; j'étais spectateur de mon propre corps. Même les mots que je prononçais avaient l'air sortis d'un scénario, je caressais les cheveux de ma mère et je lui chuchotais, Ça va aller, ça va aller. Elle me répondait, Pas mon fils, pas mon fils. Pourquoi mon fils ? Pourquoi mon bébé ? Pourquoi ils m'ont pris mon bébé ? – et je pensais : *J'aurais pu écrire cette scène mot pour mot même si je ne l'avais pas vécue. J'aurais pu tout prévoir, ma main dans ses cheveux, sa silhouette dans le noir, mes phrases et les siennes.* Les réalités les plus violentes sont souvent les moins surprenantes.

J'ai demandé à ma mère :

– Qu'est-ce que tu veux faire maintenant ? Est-ce que tu veux aller au restaurant ? Est-ce que tu veux aller manger dans un bon restaurant pour prendre des forces ?

Je trouvais toutes mes phrases stupides. Je détestais le langage, je haïssais ma langue, ma bouche, ma voix.

– Est-ce que tu veux aller manger près de la mer ?

C'est ce que je disais mais en moi je pensais : Je suis désolé. Je suis désolé que ton fils soit mort.

Elle a soupiré :

– Non. J'ai besoin de me reposer. Est-ce qu'on peut rentrer ? Est-ce qu'on peut rentrer à la maison ?

Je lui ai dit qu'on ferait ce qu'elle voudrait, que c'était à elle de décider – qu'est-ce que je pouvais dire d'autre ?

Je me suis tourné vers ma grande sœur. Elle avait attendu là, à l'écart, en silence, pendant toute l'interaction avec ma mère. Elle a proposé que nous allions chez elle ; elle et ma mère habitaient le même village depuis quelques mois, à quelques dizaines de mètres seulement l'une de l'autre. Ma mère pourrait passer du temps avec nous et rentrer chez elle quand elle le voudrait.

Je lui ai demandé :

– Qu'est-ce que tu en penses ?

Et elle a chuchoté :

– D’accord. Mais tu viendras dormir chez moi après ? Avec moi ?

Je lui ai promis que oui.

Ma grande sœur a démarré la voiture et je me suis installé sur la banquette arrière. Sur le trajet ma mère a parlé de mon frère, comme si elle avait voulu le faire revenir à la vie une dernière fois par la parole.

Le poète Catulle écrit à la mort de son frère :

Transporté à travers tant de régions et tant d'océans,
je viens te rendre, mon frère, ces malheureuses offrandes
pour t'accorder un ultime office funéraire,
et je parlerai en vain à tes cendres muettes
puisque le destin t'a arraché à moi.
Hélas, mon pauvre frère, injustement soustrait à moi,
à présent, ces choses de nos ancestrales mœurs
ne sont plus que les offrandes funèbres d'un triste office.
Accepte-les, mouillées par toutes les larmes de ton frère,
et pour l'éternité, mon frère, au revoir et adieu.

Est-ce que j'écris parce que je ne ressens pas la tristesse de Catulle, et parce que je voudrais la ressentir ? Est-ce que j'écris dans l'espoir de faire advenir la douleur ? Est-cc que j'écris parce que cette douleur me ferait me sentir normal, un frère comme tous les autres frères, qui pleure la mort de l'autre ?

Quelques remarques avant de continuer :

1 : Quand leur père a cessé de s'occuper d'eux, ma grande sœur, elle, a réagi d'une façon plus apaisée que mon frère. Elle disait parfois que son père lui manquait, mais elle ne fuguait pas pour le retrouver. Elle n'a pas, contrairement à mon frère, pleuré toute sa vie en évoquant cet abandon. Elle pensait rarement à lui, et à partir d'un certain âge, elle s'est mise à l'appeler « mon géniteur » pour marquer son indifférence. Elle me disait que mon père était son vrai père puisque c'était lui qui l'avait élevée.

Cette différence de réaction à la même situation constitue, il me semble, le premier signe de la Blessure chez mon frère.

Question : Est-ce que c'est le divorce qui a créé sa Blessure, comme le pense ma mère, ou est-ce que sa Blessure a toujours été là, en lui, dès sa venue au monde ? Est-ce que c'est le divorce qui l'a blessé ou est-ce que mon frère a été jeté au monde avec sa Blessure, qu'il a ensuite nourrie dans toutes les occasions possibles, dans tous les contextes ?

J'ai parfois le sentiment que l'histoire de mon frère est l'histoire d'une Blessure jetée au monde et sans cesse ré-ouverte.

J'ai parfois le sentiment que si ça n'avait pas été l'absence de son père, mon frère aurait trouvé autre chose.

J'ai parfois le sentiment que la vie de mon frère n'a été qu'un instrument au service de sa Blessure, et que la question n'est pas de savoir **où** elle a commencé, mais **pourquoi** le monde lui a offert autant d'occasions de la creuser.

2 : Toute ma vie j'ai vu mon frère se morfondre. Toutes les années que je l'ai connu, je l'ai entendu répéter, comme il l'avait dit à ma mère après sa Disparition chez les Boinet, qu'il avait été abandonné.

Mon frère, selon l'expression du psychiatre allemand Hubertus Tellenbach, mobilisait n'importe quel *matériau de combustion* pour entretenir le feu de sa souffrance.

3 : Dans une large partie de la classe ouvrière les blessures psychologiques n'existent pas. Dans l'entourage de mon frère on ne parlait jamais de traumatisme, de mélancolie, de dépression. Il existe au contraire dans les classes plus privilégiées des lieux et des institutions collectives pour évoquer ses blessures : la psychanalyse, la psychologie, l'art, les thérapies collectives. Si mon frère était blessé, il n'avait aucun lieu pour le dire.

4 : Évidemment, pendant ses années de jeunesse et d'adolescence, mon frère a aussi été heureux. Il s'est aussi amusé. Un jour lui et un de ses meilleurs amis sont partis pour un week-end à Amsterdam.

Mon frère est rentré et il m'a raconté : « Dès qu'on est arrivés on a eu l'idée de se payer une pute. On a été dans le quartier où elles sont en vitrine, on s'en est choisi une bonne et on se l'est tapée. Moi je la baisais pendant qu'elle suçait mon pote et je lui criais en mettant des claques sur son cul, Sale pute, sale chienne ! Mon pote il me disait : C'est pas une meuf c'est un aspirateur ! Allez baise-la cette truie ! »

Je ne sais pas si la littérature peut retranscrire ces mots-là. Je doute de sa capacité à communiquer la simplicité et la rudesse avec lesquelles mon frère les prononçait. À quoi ressemblerait un livre composé exclusivement avec ce langage ? Si ce langage existe dans le monde est-ce qu'il peut, ou doit, exister dans les livres, ou est-ce que les livres doivent marquer un écart entre le langage du monde et le leur ? Est-ce qu'en masquant l'existence de ce langage je ne masquerais pas la vie des hommes comme mon frère ?

Quand il me racontait une histoire comme celle-là, je me sentais dégoûté.

Je détestais souvent mon frère, mais je dois comprendre sa vie.

5 : Avec les Boinet, et avec d'autres amis, mon frère a continué les petits actes de délinquance pendant les mois qui ont suivi sa Disparition.

Un jour, les gendarmes ont frappé à la porte de mes parents et ils ont expliqué à ma mère que quelques jours plus tôt, mon frère et ses amis marchaient dans les rues, et qu'à cause de l'alcool, ou à cause de l'effet de groupe qui les poussait à s'impressionner, ils avaient détruit à coups de bâton des installations électriques, de grands blocs de plastique blanc plantés au milieu des trottoirs et qui servaient à distribuer l'électricité dans les différentes zones du village ; je n'ai jamais compris comment ils avaient fait pour ne pas mourir électrocutés.

Mon frère a été condamné par la justice à des travaux d'intérêt général et à rembourser à la compagnie nationale d'électricité les dommages qu'il avait engendrés. Il n'est pas revenu chez mes parents après sa condamnation ; il a erré, on ne savait pas où il était. Il avait dix-huit ans, il n'allait plus au lycée, il ne travaillait pas. On ignorait tout ou presque de ce qu'il devenait.

Question : À quel moment est-ce que des actes deviennent destin ? Jusqu'à quel moment quelqu'un, mes parents par exemple, aurait pu infléchir la direction que prenait sa vie ? À partir de quand est-il trop tard ?

2

FAIT NUMÉRO 5

Mon frère est réapparu comme il avait disparu : sans qu'on sache ni qu'on comprenne pourquoi ce jour-là plutôt qu'un autre, ou pourquoi à ce moment-là et pas à un autre. Il était de retour de ses mois d'errance. Quelques jours plus tôt, il s'était réinstallé dans le village ; on avait appris qu'il vivait avec un de ses amis d'enfance, Pierre, qui habitait à deux ou trois rues de chez mes parents, dans une impasse recouverte d'herbes sauvages et de terre battue.

Il nous avait appelés pour nous prévenir qu'il avait une annonce à faire, et ce jour où il est revenu, il a frappé à la porte comme un inconnu l'aurait fait. C'était la fin de l'après-midi. Mon frère s'est installé face à mes parents, il a laissé planer un court silence et il a dévoilé son nouveau projet : il allait devenir Compagnon du Devoir.

Je me rappelle avoir pensé que je ne comprenais pas ce que cette succession de mots voulait dire mais je me souviens qu'elle m'impressionnait. Il y avait dans la combinaison de ces mots, *compagnon*, et *devoir*, quelque chose de noble et de grave, en tout cas aux yeux de l'enfant que j'étais, quelque chose qui forçait le respect et le silence.

Mes parents non plus ne comprenaient pas, alors mon frère nous a expliqué.

Il nous a expliqué que les Compagnons du Devoir étaient un groupe d'élite qui réparait et rénovait les bâtiments les plus importants d'Europe, les châteaux, les cathédrales, les monuments historiques, il voulait être clair, ce n'était pas un travail dans le bâtiment dont il parlait, non, plutôt quelque chose de lié à l'Histoire, il nous disait que les Compagnons du Devoir étaient ceux qui avaient réparé Notre-Dame de Paris et la cathédrale d'Amiens au fil du temps – je ne sais pas, je n'ai jamais vérifié –, il nous jurait que c'était grâce à eux si aujourd'hui ces cathédrales tenaient toujours debout et que le monde entier pouvait les visiter, que sans eux tout ça n'existerait plus, plus d'Histoire, plus de Grandeur, plus de Beauté, il n'utilisait pas ces mots mais c'est ce qu'il nous communiquait, et il a ajouté que s'il devenait Compagnon du Devoir alors il voyagerait dans l'Europe entière pour restaurer les bâtiments historiques et les châteaux dans des pays qu'on ne connaissait même pas, des régions chaudes à la terre aride et des villes perdues dans les forêts, il fallait qu'on se prépare, on ne le verrait plus beaucoup.

Il a précisé que la sélection pour faire partie des Compagnons du Devoir était sévère et sans pitié, c'était comme lorsqu'il fantasmerait sa carrière de plus grand boucher de France, il était important pour lui de nous faire savoir que ce qu'il s'apprêtait à faire n'était pas une chose normale, pas une chose que tout le monde fait tous les jours mais quelque chose de grand, un destin, c'est ça, il nous annonçait les prémices d'un destin, pas simplement le début d'un nouveau travail, pas quelque chose d'aussi banal et d'aussi trivial que le début d'une carrière professionnelle, mais le début d'une gloire à venir.

Il avait entendu parler d'autres personnes qui avaient tenté d'intégrer les Compagnons du Devoir et qui avaient échoué, il n'avait pas dit qui étaient ces personnes, mais il disait que lui, contrairement à ces individus imaginaires, lui, il avait de fortes chances d'y parvenir parce qu'il correspondait exactement à ce qu'indiquait la description des profils recherchés sur le dépliant et sur le site internet des Compagnons, et surtout, surtout il était un garçon intelligent, partout on disait de lui qu'il avait des capacités intellectuelles supérieures à celles des autres, et grâce à ça, il y arriverait.

Mon frère a amorcé un geste en direction de son sac à dos, j'imagine, pour en sortir le dépliant, ses gestes étaient fébriles, il s'est penché vers le sac mais mon père l'a interrompu.

Mon père s'est éclairci la gorge, « Attends attends, attends deux minutes là ». Il a demandé pourquoi mon frère parlait aussi vite, pourquoi il allait aussi vite, lui qui revenait après plusieurs mois de fugue, et puis il a dit que ça n'avait pas de sens, mon frère pourrait faire ça plus tard, que pour l'instant il devait encore aller au lycée pour essayer d'obtenir un bac professionnel en plus de son diplôme d'ouvrier du bâtiment – il n'avait pas encore dix-neuf ans et depuis qu'il était parti chez la famille Boinet, depuis son errance, il n'y était plus jamais retourné.

Mon frère a répondu

– je voyais déjà les larmes monter dans ses yeux, celles de la rage, celles d'un élan brisé, aucune autre larme ne ressemble à ces larmes-là –

mon frère lui a répondu que l'école ne l'intéressait pas. Comme tous les garçons dans notre monde il pensait que l'école ne l'intéressait pas, sans voir que c'était le cas de tous les garçons autour de nous, et que donc c'était un destin social qui s'imposait à eux, que c'était l'école qui ne voulait pas d'eux et qu'elle transformait l'exclusion en l'illusion d'un choix. Mais surtout, surtout mon frère a dit que c'était trop tard, c'était déjà fait. La mère de son ami Pierre chez qui il habitait avait déjà rempli les papiers administratifs pour son inscription – et c'est dans ce tournant de la conversation, à l'annonce de cette nouvelle, que mon père est entré dans une colère impossible à contenir :

– Qu'est-ce que tu as dit ?

Il fixait mon frère du regard. Mon frère a répété, *C'est la mère de Pierre. Je lui ai demandé et elle a rempli les papiers pour moi.*

Mon père lui a coupé la parole – toujours ses yeux, toujours son regard :

– Mais tu as pas une mère toi ? Tu as pas de famille ? Pourquoi tu as pas demandé à ta propre mère de s'en occuper ? Tu nous prends pour des incapables ou quoi ? Tu nous prends pour des débiles ?

Je le dis : même moi, même à l'âge que j'avais je ressentais l'injustice et l'incohérence de ce que lui reprochait mon père. Comment est-ce qu'il pouvait le blâmer d'avoir demandé de l'aide ailleurs, sachant qu'il n'en recevait jamais ici, à la maison, qu'il ne vivait plus avec nous, que mon père et ma mère ne l'aidaient pas ; je ne dis pas qu'ils étaient responsables mais c'est un fait, ils ne l'aidaient pas, ils passaient leur temps à l'enfoncer, à lui plonger la tête sous l'eau, ils s'acharnaient à ne pas être nos parents, et là, devant la nouvelle des Compagnons du Devoir, ils lui reprochaient d'avoir cherché une autre famille, ailleurs.

Voilà ce qu'est la famille : d'abord elle vous chasse et ensuite elle vous reproche de fuir.

Mon père ne s'arrêtait pas. Il criait qu'à cause de mon frère tout le village aurait une mauvaise image de nous, qu'il nous faisait passer aux yeux des autres pour une famille d'incapables, que par-dessus tout, il insultait notre mère puisqu'il la faisait passer pour une mauvaise mère, comment est-ce qu'il avait osé, comment est-ce qu'il avait pu oser ?

Mon père a conclu son monologue en disant que de toute façon il refusait que mon frère s'inscrive aux Compagnons du Devoir. Il l'en empêcherait, même si pour cela il fallait l'enchaîner à son lit. Il se répétait, il voulait d'abord que mon frère retourne au lycée pour quelque temps, pour y faire ses preuves, et ensuite il pourrait faire autre chose. Les frais à payer pour commencer la formation étaient élevés

– je ne sais pas si c'est vrai, je n'ai jamais vérifié non plus – et mon père a dit qu'il ne pouvait pas trouver cet argent. Il faudrait s'endetter auprès d'une de ces agences de prêt pour les pauvres qui demandent le double de la somme empruntée en remboursement, mon père a dit qu'il ne pouvait pas faire un emprunt pour une personne aussi instable que mon frère, prendre ce risque pour une personne comme lui – le commentaire de ma mère quand elle m'a parlé de cette scène il y a quelques jours : « Et je ne défends pas ton père, mais je le comprends. On ne pouvait pas prendre le risque de s'endetter pour ton frère qui nous mentait tout le temps, qui volait, qui n'allait pas au lycée. Avant qu'il quitte la maison il faisait semblant de partir le matin pour le lycée et il allait traîner avec ses copains, pour boire des bières. Il nous mentait. Il aurait fait la même chose aux Compagnons du Devoir, c'est sûr, on se serait ruinés pour rien », et je vois la légitimité de ce qu'elle me dit aussi, je la comprends, je ne sais pas, tout est compliqué dans cette histoire, tout le monde a raison, tout le monde a tort.

Ce que je vois – et ce que je m'apprête à dire est important pour la compréhension de mon frère, je crois – c'est que dans notre monde on ne pouvait pas se permettre d'essayer, pendant que dans d'autres mondes les erreurs sont possibles, et je me dis – ce n'est qu'une hypothèse, c'est trop tard maintenant – je me dis aujourd'hui que si mon frère avait grandi dans un autre monde nos parents lui auraient donné l'argent nécessaire pour commencer sa formation, ils auraient pu le faire, et peut-être qu'il ne l'aurait pas suivie jusqu'au bout, peut-être qu'il aurait abandonné ou qu'il aurait menti comme il l'avait fait avec le lycée, mais peut-être qu'il l'aurait suivie jusqu'au bout, et peut-être que cette formation aurait changé sa vie, et peut-être qu'il serait devenu quelqu'un d'autre, et peut-être qu'il aurait été plus heureux, plus épanoui, ces choses qu'on dit, et peut-être que grâce à ce bonheur nouveau il n'aurait pas sombré, et qu'il ne serait pas mort, on ne le saura jamais, parce que dans notre monde essayer n'était pas une chose possible, je l'ai vu plus tard dans le monde de ceux qui vivent dans le confort et dans l'argent, ou du moins avec plus d'argent et plus de confort, certains de leurs enfants étaient comme mon frère, certains buvaient, certains volaient, certains détestaient l'école, certains mentaient, mais leurs parents essayaient des choses pour les aider et pour tenter de les transformer, ils leur offraient une formation de pâtissier, de danseur, d'acteur dans une mauvaise école de théâtre trop chère, ils essayaient, et c'est aussi ça l'Injustice, certains jours il me semble que l'Injustice, ce n'est rien d'autre que la différence d'accès à l'erreur, il me semble que l'Injustice, ce n'est rien d'autre que la différence d'accès aux tentatives, qu'elles soient ratées ou réussies, et je suis tellement triste, je suis tellement triste.

Mon frère a baissé les yeux et il a soufflé, un long souffle de plus – c'est une image qui me vient tout à coup, comme si tous ces souffles de désespoir l'avaient vidé progressivement de sa vie et de son énergie vitale, comme si c'était ça qui avait conduit à sa mort, tous ces souffles sortis de lui trop tôt, comme si sa vie avait existé quelque part en lui sous forme d'une réserve d'oxygène définie et limitée et que mon frère avait vidé cette réserve trop tôt.

Mon frère a tenté de supplier mon père encore un peu mais mon père n'écoutait pas.

Quelques jours plus tard son ami Pierre nous annonçait qu'il allait commencer sa formation de Compagnon du Devoir.

Mais pas mon frère.

Pas lui.

J'ai parlé de la scène des Compagnons du Devoir à Angélique, une femme que mon frère a aimée et avec qui il a vécu pendant près d'un an. Elle a hésité et enfin elle m'a dit :

« Écoute,

il y a des choses que je dois te raconter. Ce n'est peut-être pas mes histoires, peut-être que je ne devrais pas m'en mêler,

mais je dois te le dire : je ne supportais plus de voir vos parents vous humilier.

Un jour je me souviens que j'ai pensé : Dans cette famille, les parents humilient comme ils respirent.

Pourquoi ? Pourquoi faire des enfants pour ensuite passer son temps à les humilier ?

C'était tout le temps, partout. Il

– je veux dire ton père, surtout ton père –

il traitait ton frère de fainéant, de bon à rien, d'incapable, de raté – des mots qui normalement ne sont pas faits pour parler de ses enfants, il y a des mots qui n'ont rien à faire dans certaines situations –, et je pensais : Mais comment on peut dire des mots comme ça à ses enfants ?

Et ton frère qui était déjà fragile, ton frère a été détruit. Brisé. Il était en morceaux. Quand j'étais seule avec lui, j'essayais de le réparer, mais

quand un vase a été cassé plusieurs fois,

est-ce que tu sais ça ?

quand un vase a été cassé plusieurs fois un jour une limite est atteinte à partir de laquelle on ne peut plus le réparer, peu importe ce que tu fais.

Plus rien ne tient ensemble.

Un jour il est trop tard.

Bon.

Parfois je ne comprenais pas.

Ton père passait son temps à dire de ton frère qu'il ne faisait rien, mais quand ton frère faisait quelque chose, ton père se déchaînait sur lui, encore plus fort, encore plus – comment dire ? – méchamment.

Quand ton frère a voulu devenir boucher ton père s'est moqué de lui. Quand ton frère a voulu faire les Compagnons du Devoir ton père s'est moqué de lui. Quand ton frère rêvait ton père riait.

C'était pareil pour toi – est-ce que tu te souviens ?

Quand tu as voulu aller au lycée, ton père a essayé de te décourager.

Je ne sais pas si tu peux te rappeler, tu étais tellement jeune, le jour où tu as été accepté au lycée, il a caché la lettre qui te l'annonçait. Il l'avait cachée tout l'été. Juste comme ça. Pour te faire du mal. Juste pour que tu passes un été de souffrance en pensant que tu n'avais pas été accepté dans ce lycée où tu voulais tellement aller. Quatorze ans et un été entier perdu à souffrir. On ne récupère pas ces choses-là.

Et moi je pensais : C'est le premier fils de cette famille qui va au lycée, qui va commencer des études, et le père l'humilie. Est-ce qu'il ne peut pas être fier ?

J'en voulais à ta mère de ne rien dire.

Ou pire, parfois, de s'allier à ton père.

Je la regardais et je pensais : Si moi j'étais mère je ne supporterais pas qu'on traite mes enfants comme ça.

Mais je ne disais rien, tes parents m'auraient répondu : de quoi tu te mêles ?

Et je n'aurais pas pu leur reprocher de me dire ça.

De quoi tu te mêles.

Quand ton frère me rejoignait le soir il plongeait ses mains dans son visage et il me demandait

Mais pourquoi ma mère ne dit rien ? Pourquoi elle me défend pas ?

Je lui répondais Tu sais ta mère est prisonnière de ton père,

elle est là à la maison enfermée toute la journée,

elle ne peut rien dire. Il l'humilie elle aussi. C'est dur pour elle.

Je disais tout ça mais je ne le pensais pas.

Je le disais seulement pour rassurer ton frère.

Je pensais : Si moi j'étais mère je ne laisserais personne traiter mes enfants comme ça.

Si j'étais mère, moi, je partirais, même si je devais vivre dans la rue ou retourner vivre chez mes parents.

Si j'étais une mère moi, je serais une lionne. »

J'aurais voulu pouvoir répondre à Angélique que l'histoire de notre famille ressemblait à une tragédie.

Mon père souffrait de la pauvreté et de la vie à l'usine et il était dur avec ma mère. Ma mère subissait cette violence de mon père et elle était dure avec nous. Elle aurait fait n'importe quoi, certains jours, pour que la violence de mon père à son égard s'apaise ; elle formait des alliances avec lui (des souvenirs où mon père se moquait de moi et où ma mère riait, ses dents apparentes tout à coup, et je ne comprenais pas comment elle pouvait s'allier à lui alors que la veille c'était d'elle qu'il s'était moqué, en l'appelant La Grosse par exemple ou Grosse vache, je ne comprenais pas comment elle pouvait pactiser avec quelqu'un qui lui faisait tant de mal, mais je vois aujourd'hui que ce que j'éprouvais comme un paradoxe était en réalité une conséquence logique, que c'était justement parce qu'il l'humiliait qu'elle s'alliait à lui, qu'il n'y avait aucune contradiction mais au contraire une évidence parfaite, une causalité limpide, elle s'alliait avec lui pour déplacer sur d'autres, le temps de quelques heures, quelques minutes, la souffrance qu'il faisait peser sur elle). Je souffrais de ces trahisons de ma mère, tout comme mon frère en souffrait, et cette situation nous poussait à être durs avec elle – quand mon frère avait vécu chez les Boinet, il leur avait raconté des histoires sur notre mère, à propos de ce qu'il voyait comme son absence d'hygiène, sa négligence envers ses enfants, les histoires s'étaient ébruitées et ma mère avait été regardée de travers dans les rues.

Ma mère souffrait de notre dureté envers elle et elle était encore plus tendue, encore plus impatiente. Mon père suffoquait de cette atmosphère familiale, quand bien même c'était lui qui inaugurait le cercle de la violence dans l'espace domestique, je voyais dans ses yeux qu'il aurait voulu fuir, partir loin de sa famille, devenir jeune et libre de nouveau, je voyais sa mélancolie, et l'amertume en laquelle la mélancolie se muait, et je souffrais de cette atmosphère, et mon frère en souffrait, et nous faisions souffrir notre père en retour, et la situation empirait.

La violence circulait entre nos corps, comme un flux, comme un courant électrique.

Elle était partout, elle n'appartenait à personne.

J'aurais voulu pouvoir dire à Angélique que ni tout le monde ni personne n'était responsable donc, que la réalité se situait ailleurs.

(Note du 27 juin 2023 : J'ai vu ma mère hier et je lui ai parlé de l'agressivité de mon père qui a ponctué l'enfance et l'adolescence de mon frère. Elle a soupiré :

– C'est vrai…

Elle dit que mon père entrait souvent dans des colères violentes et imprévisibles, et qu'elle comprend maintenant que ces comportements ont pu heurter mon frère. Elle a fait une pause de quelques secondes et elle a repris :

– C'est comme quand il a coupé l'eau, tu te souviens…

Je lui ai dit que non, et elle m'a rappelé ce qui s'était passé : un jour, mon père avait démonté le robinet de la baignoire pour qu'on ne puisse plus l'utiliser, en prétextant que les factures d'eau étaient trop élevées, mais en vérité, selon elle, il ne l'avait fait que pour le plaisir de nous humilier :

– On pouvait plus se laver, c'était n'importe quoi. Et ton frère qui était adolescent, il l'a mal pris. À cet âge-là, tu dragues, tu veux rencontrer des filles, c'est normal, alors être propre c'est important. On le disait à ton père mais il répondait : Se laver une fois par semaine c'est assez. Il faisait ça pour nous humilier, c'est tout. Tu te rends compte ? Ne plus avoir le droit de se laver chez soi. Ton frère avait inventé un système pour faire couler l'eau quand même, on le faisait quand ton père partait. Mais c'était pas facile.

J'avais oublié, je m'en souvenais en écoutant ma mère.

Peut-être que quelque chose dans la méchanceté de mon père n'était pas seulement explicable par sa situation ou sa vie. Peut-être qu'il existait dans cette méchanceté un élément plus sombre, insaisissable.)

FAIT NUMÉRO 6

La vie de mon frère ressemble à l'image répétée à l'infini d'un corps qui se débat dans les sables mouvants : c'est quand il cherchait à s'échapper qu'il s'enfonçait.

Il rêvait d'une vie de gloire, ses rêves se heurtaient à la réalité qui était la sienne et le blessaient ; au fond, plus il rêvait et plus il suffoquait.

Il buvait de l'alcool pour se sentir mieux et l'alcool l'enfermait dans son destin ; lui-même avait dit à ma mère, quelques mois avant de mourir : « J'ai bu pour m'évader et l'alcool est devenu ma prison. »

Est-ce que c'est pour la même raison que mon frère a commencé à devenir violent, juste après avoir compris qu'il n'intégrerait pas les Compagnons du Devoir ?

Est-ce que sa violence soudaine était pour lui, comme ses rêves démesurés ou comme l'alcool, une façon d'échapper à sa Blessure et à son sentiment d'impuissance ?

Est-ce qu'en étant violent il se donnait l'illusion qu'il était maître non seulement de sa propre vie mais aussi de celle des autres ?

Je ne suis sûr de rien, mais une nuit mon frère avait bu et il était entré chez Isabelle, une femme du village qu'on appelait La Détraquée à cause des histoires qu'elle inventait sur la place de la mairie et de l'église ; tous les villages comportent des personnages comme celui-là. Personne ne sait exactement comment les événements se sont déroulés, mais voilà, mon frère, qui vivait toujours chez son ami Pierre, a bu et au milieu de la nuit il est sorti dans la rue, seul ; il a marché jusqu'à la maison d'Isabelle et il est entré par effraction chez elle.

J'imagine ce qui s'est passé à partir des éléments dont je dispose. Mon frère s'est dirigé vers la chambre, il titubait. Il est arrivé sur le seuil et il a allumé la lumière en cherchant mécaniquement l'interrupteur près du cadre de la porte ; il a crié :

– Surprise Isabelle !!!!!!!!!!!!

Il était deux heures du matin. Isabelle n'a pas sursauté. Elle a répondu, les yeux grands ouverts :

– Bah qu'est-ce que tu fais dans ma maison ?

Elle avait même l'air d'en rire un peu. Mon frère était sûr d'avoir vu un léger sourire sur son visage, c'est ce qu'il a raconté plus tard à mon père.

Il a prétendu qu'elle l'encourageait.

– Je viens te faire une surprise ma petite Isabelle d'amour – avec cette voix trop sonore que mon frère avait quand il avait bu, son air de fête foraine.

Isabelle le regardait :

– C'est peut-être un peu tard pour une surprise tu trouves pas ?

Mon frère s'est assis sur le matelas, près d'elle. Il essayait d'ignorer son regard qui l'aurait mis face à ce qu'il faisait, il s'approchait et il lui disait des phrases qu'il pensait drôles, des phrases que j'avais déjà entendues venant de lui, il les avait déjà prononcées devant moi à d'autres femmes quand il était saoul, d'une manière moins violente mais avec les mêmes mots :

– Tu sais que tu m'excites Isabelle, je te jure, c'est vrai, j'ai toujours eu envie de toi, j'ai jamais osé te le dire mais franchement t'es trop belle c'est pour ça que je suis venu ce soir.

Tout à coup il a posé ses mains sur elle et il lui a chuchoté à l'oreille :

– T'as pas envie de faire l'amour avec moi t'es sûre ma petite Isabelle ?

À cet instant j'imagine qu'Isabelle n'a plus ri mais mon frère ne s'est pas arrêté. Dès l'instant où mon frère avait posé ses mains sur elle j'imagine qu'elle avait cessé de rire, que la peur avait remplacé la surprise et la crédulité sur son visage, mais mon frère s'en foutait.

Elle a essayé de le repousser :

– Tu es fou ou quoi, sors de ma maison ! Sors de chez moi ! Qu'est-ce que tu fais chez moi tu as pas le droit, je vais appeler la police si tu sors pas.

Elle le repoussait mais mon frère ne prenait pas en compte ses protestations devenues colère, sa colère devenue terreur, j'imagine son souffle tiède et son odeur d'alcool sur le visage terrifié d'Isabelle, je l'imagine continuer :

– Allez Isabelle, je sais que t'en as envie, tu vas voir, tu vas aimer je te le jure j'en ai une grosse.

Je n'y étais pas, et je le répète, je ne fais qu'imaginer ce qui a pu se passer, et peut-être que l'imagination m'éloigne de la réalité autant qu'elle m'en approche, mais je connais si bien cette joie des garçons comme mon frère quand ils agressent, cette légèreté qu'ils ont quand ils constatent que leur proie face à eux est prise au piège et qu'elle souffre, c'est cette même excitation qui se dessinait sur le visage des garçons qui au collège me frappaient en me traitant de *sale pédé*, cette scène pour moi s'est répétée presque chaque jour dans mon enfance, et quand ces garçons qui m'attendaient dans un couloir pour me faire revivre la même scène encore et encore me serraient le cou avec la main par exemple, et qu'ils voyaient que les larmes montaient dans mes yeux, non pas par tristesse mais parce que je n'avais plus d'oxygène, quand ils voyaient ces larmes apparaître, le plaisir se dessinait sur eux, mes larmes leur donnaient le sourire, parce qu'elles étaient la preuve de leur puissance, et je me représente le même sourire sur le visage de mon frère face à la peur d'Isabelle.

Cette peur l'encourageait à aller plus loin.

Il devait aller plus loin.

Il réfléchissait.

Là, mon frère a eu une idée : il s'est approché un peu plus d'Isabelle, il a saisi le haut de son pyjama avec les deux mains et il a tiré dessus d'un coup sec et brutal pour tenter de le déchirer.

Maintenant elle était à sa merci.

Maintenant plus rien ne s'interposait entre lui et elle.

Isabelle a poussé un hurlement si fort qu'il a réveillé ses enfants dans la chambre à côté. Ils pleuraient, *Maman, maman,* et mon frère a dû se dire qu'il n'avait pas beaucoup de temps. Mon frère a dû commencer à se sentir moins bien, à se dire qu'il faisait quelque chose de mal, les cris d'enfants sont une réalité difficile à dénier, mais il ne pouvait pas s'interrompre, parce qu'enfin il décidait, je crois, enfin il contrôlait. Il posait ses mains sur le corps d'Isabelle qui essayait de le repousser, Allez Isabelle, enlève ta culotte, Vas-y Isabelle, tu vas bien aimer, je te jure poupée, je te jure – jusqu'au moment où le mari d'Isabelle est apparu. Il rentrait de son travail de nuit et quand il a surgi il a surpris mon frère devant sa femme, dans la chambre, en larmes, avec en bruit de fond les hurlements des enfants.

Je n'imagine plus, je me souviens : moins de vingt-quatre heures plus tard le mari d'Isabelle est venu frapper à notre porte ; maintenant il était face à ma mère, et quand il a prononcé le mot *viol*, quand les mots *police* et *plainte* sont sortis de sa bouche, j'ai vu ma mère plonger son visage entre ses mains.

Mon père était près d'elle. Il a dit qu'il ne cherchait pas à défendre mon frère, qu'il devait assumer ses actes, et que si la justice le condamnait, sa peine lui servirait de leçon. Ma mère ne disait rien mais j'ai vu l'angoisse l'envahir pendant les jours qui ont suivi. Je la surprenais, elle fixait le sol et elle répétait, comme dans une prière inversée, C'est pas vrai c'est pas vrai c'est pas vrai.

Un avocat commis d'office a été attribué à mon frère. Il s'est rendu au tribunal où il a été confronté à Isabelle et à son mari. La juge ne lui a donné qu'un avertissement : la prochaine fois qu'il commettrait un délit, il irait en prison.

Longtemps avant sa mort, peut-être douze ou treize ans plus tôt, quand j'avais dix-sept ans et qu'il en avait vingt-six, j'avais emménagé dans un appartement à un kilomètre à peine du studio où vivait mon frère. C'était le premier appartement de ma vie, la première fois que j'entrais dans un espace qui serait le mien, loin de ma famille, et j'avais tellement hâte. Les propriétaires m'avaient dit qu'ils devaient repeindre les murs et le plafond avant que je puisse emménager mais je ne voulais pas attendre : j'ai proposé de le faire moi-même.

Je me suis installé et le lendemain la propriétaire a déposé des pots de peinture en métal sur le palier de la porte. J'ai essayé de peindre mais le résultat était un désastre : de grosses gouttes se formaient et se solidifiaient sur le mur, je n'arrivais pas à produire la surface lisse et blanche d'un mur normal, la peinture coulait sur mon visage, sur mes cheveux, je ne comprenais pas comment peindre un plafond sans que la peinture tombe sur le sol immédiatement. J'ai abandonné et je me suis assis au milieu de l'appartement qui ressemblait à cause de moi à un chantier dévasté.

Je réfléchissais, et j'ai pensé à mon frère. Je savais qu'il ne vivait qu'à quelques centaines de mètres de moi et qu'il saurait le faire.

Je l'ai appelé pour lui demander de l'aide et il a répondu qu'il viendrait le soir même.

Pendant plusieurs jours de suite il a peint, silencieux, concentré sur ce qu'il faisait. Lui qui buvait le reste du temps, cette fois il n'a pas bu, il sortait sa langue qu'il mordait légèrement pendant qu'il peignait, et il me disait, Regarde, c'est comme ça qu'on fait, tu vois, c'est comme ça. Il riait.

Le dernier jour, au moment de partir, son visage encadré par les murs parfaitement blancs qu'il venait de peindre, il m'a dit : Tu es mon petit frère. Quand tu as besoin de moi, tu m'appelles et je suis là. Je suis toujours là pour toi.

Autre chose
(avant qu'il ne soit trop tard) :

Quand j'ai reçu la lettre du lycée où j'allais passer trois ans, pour me dire que j'avais été accepté, ce lycée qui représenterait mon éloignement définitif avec ma famille et avec mon milieu social, j'ai voulu me rendre à une journée portes ouvertes dans le lycée en question, avant la rentrée. J'étais inquiet et je me disais que je devais aller voir, que mon adaptation à ce monde nouveau serait plus facile si j'avais, avant de commencer, une idée de ce monde – c'était peut-être une précaution stupide mais j'en étais convaincu ; j'avais quatorze ans. J'ai demandé à mon père de m'y conduire et il a refusé. Mon frère était là, dans la pièce principale. Je ne l'ai su que plus tard mais pendant les jours qui ont suivi, il s'est battu, il a contacté des personnes autour de lui, il a appelé des amis, il s'épuisait à trouver quelqu'un qui aurait pu m'emmener. Il a finalement convaincu Angélique, l'amie de ma mère avec qui il avait une relation à ce moment-là, de prendre une journée de congé au travail. Il m'a accompagné. Sur le trajet il se tournait vers moi et il disait : *Je laisserai pas le père t'écraser comme il m'a écrasé.* Il fronçait les sourcils et il serrait les lèvres. Je laisserai pas nos parents te faire ce qu'ils m'ont fait.

Mon frère vivait dans la terreur que ma vie ressemble un jour à la sienne.

Ma sœur a garé sa voiture devant la maison et nous sommes descendus ; j'ai senti sous mes pieds la terre humide et les graviers ; le vent était saturé de la même humidité que celle de la terre.

Je marchais près de ma mère. J'essayais de deviner sur son visage les émotions qui la traversaient. Ma sœur nous a ouvert la porte et une fois à l'intérieur elle a demandé à ses deux enfants d'aller jouer dans leur chambre, le temps que nous ayons une *conversation d'adultes* ; je les ai regardés s'éloigner en me souvenant à quel point, au même âge qu'eux, j'avais haï cette opacité entre le monde des enfants et celui des parents. Ce jour-là j'aurais voulu pouvoir partir avec eux dans la chambre pour éviter la lourdeur de la conversation, avoir le privilège de l'enfance c'est-à-dire le privilège de la légèreté et de la disparition légitime. La noirceur de la nuit et le froid tentaient de s'infiltrer dans la maison, ils ralentissaient le temps ; la télévision derrière nous murmurait des voix enjouées et des éclats de rire.

Je pensais : *La maison ressemble à un animal qui lutte contre le froid.* Je pensais des choses dérisoires. Je n'arrivais pas à penser à la mort de mon frère.

Nous nous sommes assis et ma sœur a soupiré ; elle a dit qu'il fallait s'organiser pour l'enterrement. Elle a parlé comme une personne qui essayerait de recoller les éléments disparates d'une même histoire :

– Il aurait voulu une cérémonie à la cathédrale d'Amiens. Et puis on s'est dit avec maman qu'on devrait l'enterrer avec nos grands-parents, c'est ce qu'il aurait aimé, il les adorait tellement.

Je voyais dans le coin de mon regard ma mère qui baissait les yeux et qui faisait oui de la tête, oui, oui. Ma sœur expliquait qu'elle irait aux pompes funèbres le lendemain, pour choisir le cercueil et les plaques à déposer sur la tombe. Elle appellerait la mairie du village où nos grands-parents avaient été enterrés pour savoir s'il était possible de mettre le corps mort de mon frère dans leur caveau ; elle ne savait pas comment s'y prendre : est-ce qu'il fallait s'adresser à la mairie ou aux pompes funèbres elles-mêmes qui lui expliqueraient les démarches à suivre ? Est-ce qu'il fallait obtenir des autorisations, rappeler l'hôpital ? Ma mère ouvrait grand les yeux, l'air hallucinée, et elle répondait, *Je ne sais pas.*

La mort exige un apprentissage rapide.

Ma sœur a repris : il faudrait acheter le cercueil évidemment, et les plaques, mais aussi des fleurs pour le jour de l'enterrement, tout ça coûterait cher. Elle s'est tournée vers moi et elle m'a demandé :

– Ça dépend, tu pourrais mettre combien, toi, Édouard ?

Tous les regards étaient braqués sur moi. J'ai essayé de gagner du temps, même si j'avais parfaitement compris la question, et j'ai balbutié, *Quoi, combien ?*

Ma sœur m'a regardé plus intensément :

– Combien d'argent tu peux mettre pour l'enterrement de notre frère ?

Ma mère a soupiré à ma gauche :

– Moi je vais voir ce que je peux faire mais c'est vrai que j'ai rien.

J'ai eu mal pour elle. Je lui ai pris la main et j'ai dit : « Ne t'en fais pas, je m'en occupe, toi tu n'as à t'occuper de rien. »

J'ai compris qu'elles avaient dû en parler, elle et ma sœur, à l'hôpital. Elles avaient dû se dire que j'étais celui qui vivait à Paris, celui qui gagnait de l'argent, le plus privilégié dans notre famille et que donc je pourrais payer une grande partie de l'enterrement. Ma sœur avait dû suggérer qu'après tout j'étais le traître, celui qui avait gagné de l'argent en écrivant des livres sur sa famille, et qu'il était temps que je rembourse ma dette, peut-être qu'elle ne l'avait pas formulé aussi clairement et aussi directement, mais elle l'avait pensé, j'en étais sûr, je le voyais dans ses yeux.

J'ai essayé quelque chose, j'ai dit : « Mais il existe des aides de l'État. L'État prend en charge les enterrements pour les personnes qui n'ont pas d'argent. »

Je le savais, je l'avais lu quelque part, un jour.

Le corps de ma sœur tout entier s'est raidi – et les yeux de tous les autres, sur moi, comme des reproches vivants ; ma sœur a dit que ce n'était pas possible. Elle disait que si on acceptait l'aide de l'État alors on ne pourrait choisir ni le cercueil pour mon frère, ni la date exacte de l'enterrement, ni le lieu où il serait enterré, tout ça serait décidé par l'administration en charge de ces questions et pas par nous, en fonction de ce qui coûterait le moins cher, tout le monde le sait, elle disait : *Tout le monde sait que c'est comme ça que se passent les enterrements pris en charge par les aides sociales*. J'ai répliqué, *Mais qu'est-ce que ça change puisqu'il est mort ?* et ma sœur m'a lancé un regard de dégoût, elle me méprisait, ses yeux comme des crochets plantés en moi, comme des lames dans ma chair, *Mais tu veux qu'on le laisse se faire enterrer comme ça, comme un chien ? Tu laisserais ton frère se faire enterrer comme un chien ?*

Le silence autour de nous était total. La vérité, c'était que oui, je l'aurais laissé être enterré comme un chien.

Je savais que les autres étaient d'accord avec ma sœur mais je me défendais, je me sentais tellement seul, je disais que je préférais donner cet argent à ma mère qui en avait besoin. Depuis plusieurs mois déjà je l'aidais à payer son loyer, je lui avais acheté des meubles, je lui envoyais de l'argent pour qu'elle puisse s'acheter des vêtements, je disais que je trouvais ridicule de dépenser de l'argent pour un mort quand cet argent pouvait être utilisé pour aider une personne vivante, et c'est vrai, je ne disais pas ça seulement pour convaincre ma sœur, je le pensais sincèrement. Je pensais à ma mère et à tout ce qu'elle aurait pu faire avec cet argent qui serait utilisé pour quelqu'un qui n'en profiterait même pas, puisqu'il était mort, puisqu'il n'avait plus de regard, plus de conscience, plus de sensations, je disais que je ne croyais pas à l'idéologie des cérémonies funéraires et que dépenser de l'argent pour cette chose-là, la mort, était absurde – et en moi, je dois l'avouer, j'étais paralysé par la peur, je pensais : Peut-être que mon frère m'entend. Peut-être qu'il entend ce que je dis et qu'il va venir me hanter pour se venger. Peut-être qu'il va revenir pour me persécuter.

Pour la première fois je croyais aux fantômes.

Ma sœur a parlé plus fort : *Mais c'est mon frère !!!!* Elle répétait, comme une parole lancée vers elle-même, *Je ne peux pas le laisser pourrir comme un chien, je ne vais pas laisser mon frère pourrir comme un chien, je ne peux pas*, et j'essayais de la convaincre, je lui disais qu'elle pourrait elle aussi donner l'argent à ma mère, cet argent qu'elle envisageait de dépenser pour l'enterrement, puisque de toute façon l'enterrement pouvait être pris en charge, ce n'était pas comme si on laissait mon frère pourrir, peut-être que dans un autre pays les choses auraient été différentes mais ici, en France, il existe encore des systèmes de solidarité plus ou moins efficaces, je disais : même moi, je disais : même moi le jour où je mourrai je refuse qu'on dépense de l'argent pour m'enterrer, qu'on m'enterre n'importe où, n'importe quand, je m'en fous. Le flot de paroles continuait à émaner de l'endroit où ma sœur se trouvait, sa voix plus aiguë que d'habitude : *Mais c'était ses dernières volontés, c'est les dernières volontés de notre frère ! Il voulait être enterré près de sa famille et avoir une cérémonie à la cathédrale, c'est ce qu'il demandait.*

Je l'ai laissée finir et j'ai soufflé, *Mais ça veut rien dire tout ça, ses dernières volontés*, je soufflais, et je voyais que ma sœur me haïssait. Je sentais ce qu'elle voulait me dire, que ç'aurait été la moindre des choses de ma part, de payer pour cet enterrement, moi qui avais trahi la famille, je voyais ses lèvres esquisser des mouvements puis se figer aussitôt pour ne pas produire une situation de conflit un jour comme celui-là. Elle se retenait mais elle n'était pas la seule à se retenir, moi aussi je me retenais, moi non plus je ne pouvais pas dire ce que je pensais, c'était comme une scène dans laquelle aucun des protagonistes ne pouvait dire ce qu'il pensait vraiment, je disais, *Je ne suis pas d'accord, je n'aime pas tout ça, les cérémonies, les dernières volontés, tout ça n'est que de la rhétorique de curé, c'est ridicule* – c'est ce que je disais à voix haute mais en moi je pensais : Je n'aime pas mon frère, je ne l'ai jamais aimé. Je pensais : Pourquoi est-ce que je devrais faire des efforts pour un garçon qui a passé sa vie à vouloir me faire du mal, qui a frappé des femmes, qui a frappé des animaux, qui avait rendu à moitié paraplégique son chien à force de lui donner des coups de pied les soirs où il avait trop bu.

Ma sœur a poussé un long soupir, un de plus :
– Alors tu peux mettre combien ?

J'ai répondu quatre cents euros, peut-être cinq cents, mais pas plus. La cérémonie coûtait au total cinq mille euros. Ma sœur a insisté *Tu es sûr que tu peux pas mettre plus ?* C'est ce qu'elle demandait mais son regard me disait : Je sais que tu peux donner plus d'argent que ça. J'ai expliqué que je n'avais pas de salaire, que je devais garder l'argent que j'avais gagné pour pouvoir continuer à travailler – je n'osais pas dire : à écrire –, que je ne pouvais pas savoir si j'allais gagner de l'argent ou pas dans les années à venir, que l'argent est une dimension trop incertaine étant donné ce que je fais – je ne disais pas : écrire –, et j'essayais de mesurer ou plutôt de peser les mots que j'employais pour ne pas heurter ma mère qui pendant toute la conversation était là à ma gauche comme un pantin désarticulé, le regard dans le vide, je pesais le poids des mots, la formule n'avait jamais été aussi vraie, j'essayais de n'employer que les mots les plus légers, ceux qui n'alourdiraient pas le corps de ma mère déjà plié, déjà courbé.

Ma sœur a haussé les épaules. Les traits sur son visage ont formé une légère grimace et elle a mis fin à l'échange en disant qu'elle prendrait sur ses économies, qu'en plus de la somme que je donnerais et de l'argent qu'elle collecterait le jour de la cérémonie auprès de la famille, les cousins, les tantes, elle pourrait rassembler assez d'argent pour payer l'intégralité des frais. J'ai essayé une dernière fois de la persuader de garder ce qu'elle avait pour elle et pour ses enfants mais elle a balayé ma phrase.

J'avais honte. J'aurais moins honte quelques jours plus tard, quand j'apprendrais qu'à part elle, mes autres frère et sœur avaient refusé de payer quoi que ce soit. Est-ce que mon frère avait réussi à créer un rejet aussi fort autour de sa personne ?

Je me suis levé et j'ai proposé d'aller chercher le repas pour toute la famille à la pizzeria du village ; je l'avais repérée en arrivant. J'ai invité le fils de ma sœur à m'accompagner. Il venait de fêter ses neuf ans. J'ai dit qu'il m'aiderait à porter les sacs et que la promenade lui changerait les idées ; en vérité c'étaient mes idées à moi que je voulais changer.

Dialogue imaginaire avec le fantôme de mon frère

LE FANTÔME : alors tu écris sur moi ?

LE FRÈRE : c'est sur moi que j'écris.

LE FANTÔME : c'est pourtant de ma vie que tu parles.

LE FRÈRE : ta vie, ma vie, le destin a tellement mêlé les deux qu'on ne peut plus distinguer la frontière. Si tu m'empêches d'écrire sur toi c'est sur moi que tu m'empêches d'écrire.
Et tu n'en as pas le droit.

LE FANTÔME : tu blesseras notre mère.

LE FRÈRE : est-ce qu'elle ne nous a pas blessés elle aussi ?

LE FANTÔME : je croyais que tu mettais un point d'honneur à ne pas reproduire sur les autres ce qu'ils t'ont infligé.

LE FRÈRE : qui peut savoir la différence entre ce qui blesse et ce qui libère ?

LE FANTÔME : tu joues avec les mots.

LE FRÈRE : et les mots ont joué avec ma vie. Je prends ma revanche.

LE FANTÔME : est-ce que tu te souviens ce jour où j'étais venu repeindre le plafond de ton appartement ?

LE FRÈRE : je m'en souviens. Tu étais si calme tout à coup. Comme un lac immobile. Tu mordais le bout de ta langue en signe de concentration. Et tu disais, à voix très basse, Voilà, c'est comme ça qu'on fait. Comme ça.

LE FANTÔME : est-ce que ce n'est pas justement la preuve que je savais être une bonne personne ?

LE FRÈRE : je ne savais pas qu'un tel calme pouvait surgir de toi.

LE FANTÔME : est-ce que ça ne faisait pas de moi quelqu'un de bien ?

LE FRÈRE : je ne pense pas que ce soit suffisant.

LE FANTÔME : …

LE FRÈRE : est-ce que tu as peur ?

LE FANTÔME : peur de quoi ?

LE FRÈRE : peur de ce que j'écrirai sur toi.

LE FANTÔME : je suis mort.

LE FRÈRE : est-ce qu'un mort peut avoir peur ?

LE FANTÔME : si tu crains ma peur alors écris autre chose. Montre-moi autrement. Rends-moi plus aimable. Ne salis pas ma mémoire.

LE FRÈRE : mais est-ce que tu ne vois pas que sous chaque geste de ta violence c'est aussi toi que je montre écrasé ? Est-ce que tu ne vois pas ce que j'essaye de faire en racontant ta vie ? Moins je te rends aimable et plus je t'offre à la pitié et à la justice.

LE FANTÔME : je ne pense pas que ce soit suffisant.

LE FRÈRE : pars ; laisse-moi tranquille. Je ne sais plus lequel du vivant et du mort hante l'autre.

Mon frère ne faisait plus partie de notre vie. Il réapparaissait quelquefois sous forme d'appels téléphoniques à ma mère ou de très courtes visites qu'il lui rendait, le plus souvent quand elle était seule à la maison. Il savait que mon père ne voulait plus lui adresser la parole depuis ce qu'il avait fait chez Isabelle. Mon père détestait l'idée de la délinquance, c'était pour lui une manière de ne pas être au plus bas de l'échelle sociale : il était pauvre, mais pas hors-la-loi. Mon frère avait brisé cet équilibre fragile et pour cette raison mon père n'était pas seulement en colère, il avait peur : peur que mon frère nous emporte avec lui tout *en bas* du monde.

Mon frère n'avait que vingt ans mais il avait déjà tellement vécu, entre ses disparitions, ses convocations au tribunal, ses rêves, étrangement tous ses fracas et ses souffrances donnaient à sa vie une profondeur plus grande.

Mes parents n'en savaient pas beaucoup sur ce qu'il faisait et ce qu'il devenait mais ils avaient été informés d'un nouvel aspect de sa vie, c'est que mon frère avait commencé à fréquenter mon cousin Sylvain, qui avait le même âge que lui mais qui avait déjà fait plusieurs séjours en prison. Ma mère quand elle en parle aujourd'hui pense que ce rapprochement a été décisif : « Comment voulais-tu qu'il s'en sorte s'il ne fréquentait que des gens comme ça ? Sylvain il se droguait, tout le monde le savait, et ton frère le voyait comme un modèle. Il l'imitait. À cet âge-là il avait un bon copain qu'on appelait Godzilla et qui était sérieux, un vrai bosseur, un gars très gentil, posé. Il aurait pu aider ton frère. Mais ton frère préférait être avec Sylvain qu'avec lui. Il y a quelque chose que je comprends pas là-dedans. »

Dans ce contexte, mon père avait institué une règle : ma mère n'avait pas le droit de donner d'argent à mon frère. Il savait que les fois où il venait la voir, quand elle était seule, il en demandait en affirmant que c'était pour manger ou pour aider les amis chez qui il vivait à payer leurs factures mais mon père était sûr qu'il mentait et qu'il utilisait cet argent pour acheter de l'alcool et de la drogue.

Mon père avait été catégorique : s'il voyait ma mère donner de l'argent à mon frère, il lui prendrait sa carte bancaire. Elle n'aurait plus d'autonomie et plus de liberté. Paradoxalement, mon frère n'a jamais été aussi présent que dans cet intervalle de quelques mois. Le quotidien de ma mère, son comportement, ses attitudes se transformaient radicalement à cause de lui : la regarder c'était le voir. Je la surprenais qui mordillait sa lèvre inférieure et qui regardait la campagne à travers la fenêtre avec un air de détresse ; je savais qu'elle pensait à lui. Surtout, je la voyais partir au supermarché pour mon frère. C'était la parade qu'elle avait trouvée pour continuer à l'aider sans lui donner d'argent. Quand elle rentrait à la maison après les courses, elle rangeait dans un cageot en bois des paquets de pâtes, du riz, du chocolat en poudre, des œufs. Mon frère tapait à la porte, la plupart du temps très tard le soir, il n'entrait pas, pour éviter mon père, ma mère sortait dans la rue avec le colis de nourriture pour le lui donner et mon frère disparaissait. Sa silhouette se dissipait dans la nuit.

Je ne me souviens pas qu'il disait merci. Je me souviens du silence.

Mon frère ne faisait plus partie de notre vie. Il réapparaissait certains jours sous forme d'appels téléphoniques à ma mère ou de très courtes visites qu'il lui rendait, le plus souvent quand elle était seule à la maison.

Mon frère ne faisait plus partie de notre vie. Il réapparaissait certains jours sous forme d'appels téléphoniques à ma mère ou de très courtes visites qu'il lui rendait, le plus souvent quand elle était seule à la maison.

FAIT NUMÉRO 7

L'espoir est revenu avec Angélique, une amie de mes parents.

Un après-midi, Angélique leur a annoncé qu'elle voulait leur parler, *sérieusement*.

Voilà, elle n'allait pas utiliser de détours ou de métaphores : elle s'était rapprochée de mon frère pendant les semaines qui précédaient. Elle et lui avaient des amis en commun, il leur arrivait de se croiser, mes parents le savaient mais si elle était là, devant eux, c'est parce qu'il s'était passé quelque chose de plus.

C'est mon frère qui avait initié ce changement. Depuis des mois, mes parents ne pouvaient pas s'en douter mais quand mon frère rencontrait Angélique il lui disait qu'elle était belle, qu'il ne pouvait pas la regarder sans être saisi par une envie irrépressible de l'embrasser.

Angélique a juré qu'elle avait essayé de le repousser. Elle avait dix ans de plus que lui, elle ne pouvait pas, *C'est quelque chose qui ne se fait pas, non ?*

Elle avait dit à mon frère qu'on ne peut pas coucher avec le fils de ses amis les plus proches, mais mon frère ne renonçait pas. Il lui promettait qu'il la rendrait heureuse. Il lui assurait qu'il n'avait jamais vu des cheveux comme les siens, jamais vu des yeux comme les siens, il la désirait, en tout cas Angélique a promis qu'elle avait tout fait pour le maintenir à distance mais il fallait qu'on la comprenne, elle sortait d'une rupture amoureuse qui avait failli la briser, elle voulait tellement être aimée, et à cause de cette situation elle n'était pas aussi forte qu'elle aurait dû l'être : elle avait cédé.

Elle avait couché avec mon frère.

Elle était désolée.

Après cette explication Angélique a repris sa respiration. Elle regardait mes parents, anxieuse. Elle s'attendait à des reproches, et même, elle nous le dira plus tard, à de la colère, mais c'est le contraire qui s'est passé.

Mon père a souri ; il a dit que c'était magnifique. Il ne voyait pas le problème, il était heureux même, heureux qu'elle soit amoureuse, heureux que mon frère, aussi instable et incontrôlable, ait la chance d'avoir une femme *comme elle*. Il a dit qu'il serait prêt à revoir mon frère s'il avait une relation avec Angélique.

Il se passait deux choses. La première, c'est qu'autour de nous on pensait toujours qu'une femme était la solution à l'instabilité d'un homme. Comme toutes les croyances, elle était sans cesse contredite par la réalité mais elle persistait. La deuxième, plus importante, c'est qu'Angélique appartenait à un monde plus privilégié que le nôtre. Elle était la seule personne de notre entourage dans cette situation, elle avait fait quelques années d'études, elle travaillait pour la compagnie nationale d'électricité et elle avait donc un emploi stable, un salaire supérieur à la moyenne, tout le monde ou presque dans notre univers était ouvrier ou sans emploi, mais pas elle, en vérité Angélique faisait partie de la petite élite du village, avec les enseignants et le pharmacien, et mon père a pensé que, peut-être, son statut social arracherait mon frère à sa chute.

Quelques semaines après l'annonce d'Angélique, mon frère s'est installé chez elle, et mon père est entré dans un état d'euphorie permanente.

Quand mon frère venait nous voir, mon père devenait soudainement léger, souriant. Il s'émerveillait de tous les détails qui auraient pu marquer la différence de classe entre la famille d'Angélique et la nôtre, et il s'émerveillait du fait que ce monde soit désormais celui de mon frère. Il demandait avec une voix plus enfantine que d'habitude, les yeux plus grands ouverts, Et ils ont des meubles en bois massif ses parents, c'est ça ? Oui, ça doit être du bois massif qu'ils ont ces gens-là, pas du contreplaqué, ils ont les moyens. Ils ont une véranda ? Tu as pris des photos de la véranda quand vous avez mangé chez eux ? Prends-la en photo la prochaine fois et montre-moi.

(Et je me demande, pourquoi, s'il voulait tellement que mon frère s'en sorte, pourquoi est-ce qu'il était aussi dur avec lui le reste du temps ? Pourquoi est-ce que, le reste du temps, il faisait tout pour l'enfoncer s'il se réjouissait ensuite quand il pensait le voir s'en sortir ? C'est un phénomène que j'ai souvent observé dans les familles : elles veulent alternativement vous aider et vous noyer.)

Et mon frère changeait, c'est vrai. Il devenait plus calme, peut-être qu'à force d'entendre dire qu'une femme transforme un homme il avait cru à cette idée, peut-être que dans certains contextes une fiction répétée encore et encore finit par s'inscrire dans les chairs et par devenir vraie.

Même l'apparence de mon frère se transformait : il était plus propre et plus soigné, habillé d'une veste de cuir qu'Angélique lui avait achetée à Paris, ses cheveux étaient systématiquement peignés sur le côté ; il souriait.

Pendant toute cette période mon frère n'a plus fait de coups d'éclat, plus d'agressions, plus de bagarres, plus rien qui aurait pu nous inquiéter sur la direction qu'allait prendre sa vie. Ma mère chuchotait quand elle me parlait de lui : « Ça y est, ton frère est sur la bonne voie. »

Mais mes parents se trompaient. On ne le savait pas encore parce qu'Angélique nous le cachait, mais mon frère buvait, de plus en plus. Ce qu'on voyait quand il arrivait à la maison parfumé et les cheveux peignés n'était qu'une dernière tentative pour s'accrocher au monde normal, mais sous la surface de son corps, tout était joué.

Il buvait le soir, de plus en plus, quand Angélique rentrait du travail elle le trouvait sur le canapé, déjà saoul. Il fixait le vide devant lui, une bière à la main. Il mettait le volume de la musique au maximum et elle devait le supplier de baisser, pour ne pas créer de conflits avec les voisins.

Il disait que sa vie était injuste, qu'il ne méritait pas d'avoir été abandonné et humilié. Il disait qu'il était un garçon intelligent, les personnes autour de lui le lui avaient toujours fait remarquer, le patron de la boucherie le lui avait fait remarquer, et même la mère d'Angélique l'avait dit, alors pourquoi est-ce qu'il n'avait pas une vie meilleure ? Est-ce que personne ne voyait qu'il aurait pu accomplir de grandes choses ?

Angélique m'a dit au téléphone

– elle ne savait pas que mon frère était mort, je le lui ai appris –

elle me disait que, de plus en plus souvent, la tristesse de mon frère se muait en fureur. Il se tournait vers elle et il lui disait qu'elle aussi l'abandonnait, qu'il était sûr qu'elle le trompait, elle était comme tous les autres, elle voulait le faire souffrir.

Angélique lui répondait de ne pas dire n'importe quoi, mais mon frère lui coupait la parole : « Arrête d'essayer de me mentir espèce de salope, ne me mens pas ! »

Angélique au téléphone me disait « Et moi je ne pouvais pas supporter des mots comme ça, salope, truie, on ne m'avait jamais parlé comme ça. Chez moi personne ne parlait avec ce langage-là. Peut-être qu'on parlait comme ça dans le monde de tes parents mais pas dans le mien ».

Un soir elle est rentrée chez elle et la scène s'est reproduite, encore. Mon frère était assis sur le canapé, ivre. Angélique a soufflé. Elle a haussé les épaules, et elle lui a dit qu'il avait bu, elle le voyait. Mon frère l'a regardée comme s'il avait voulu l'écraser. Il s'est levé brutalement et il a commencé à crier, à dire qu'il n'avait jamais le droit de se défendre, jamais le droit de rien, il fallait toujours qu'on lui fasse des reproches, pourquoi ? Angélique essayait de le calmer mais mon frère parlait plus fort qu'elle pour recouvrir sa voix – et là, il a attrapé une bouteille de pastis ou de bière posée à côté de lui et il l'a jetée vers elle. Angélique s'est baissée, elle a réussi à l'esquiver. Elle me racontait :

– Mais j'ai eu tellement peur !

Elle a pris son sac à main et elle est sortie en courant.

– Mon cœur battait comme un tambour dans ma poitrine, j'avais tellement peur. J'ai pris ma voiture et j'ai conduit jusqu'à chez ma mère. Je pleurais. J'ai appelé ma mère et je lui ai dit, Maman, j'ai besoin de toi, je sais qu'il est tard mais je dois venir dormir chez toi.

Sa mère a compris ce qui s'était passé et elle lui a dit de venir, elle l'attendait.

Le lendemain, elles ont appelé la police à deux et elles ont ordonné à mon frère de partir. La police lui a dit qu'il avait vingt-quatre heures pour quitter les lieux. Angélique a demandé ensuite aux policiers d'aller voir s'il y était encore, mais même quand elle a su que mon frère avait déserté son appartement elle a supplié sa mère d'aller vérifier une fois de plus. En rentrant chez elle, elle a constaté que des dizaines d'objets avaient disparu : sa télévision, son lecteur DVD, des appareils électroménagers – et quand elle a ajouté ce détail, c'est celui qui de tous m'a le plus surpris. Je savais que mon frère était capable de grandes violences, d'insultes, de coups, de colères, mais je ne connaissais pas cette part de lui, sa capacité à la petite violence mesquine et aux coups bas.

À compter de ce jour, Angélique n'a plus jamais vu mon frère, et elle s'est éloignée de ma famille.

« Je l'ai aimé passionnément,
ton frère.

Il était tellement gentil, un des garçons les plus gentils que j'aie rencontrés dans ma vie.

C'était ça le plus bizarre,

avec lui,

le contraste entre sa gentillesse quand il n'avait pas bu et sa folie,

sa méchanceté quand il buvait.

Les jours où il était à jeun,

parce que ça arrivait,

parfois,

au début,

ces jours-là,

il aurait tout fait pour moi. Tout. Il faisait des travaux dans mon appartement pour l'améliorer, il m'offrait des fleurs.

Il chantait des chansons d'amour à ma mère,

je m'en souviens.

Elle l'adorait.

Elle me disait : Tu as trouvé un homme bien je suis contente pour toi ma fille.

Un matin, je me suis réveillée et il n'était déjà plus là. Il était parti plus tôt, pendant que je dormais encore, je ne sais plus pourquoi, mais peu importe, et quand je me suis réveillée, il y avait des petits post-it multicolores partout sur le sol, bleus, roses, jaunes.

Sur tous les post-it il avait écrit à la main, "Je t'aime". En les regardant, je me suis rendu compte qu'ils étaient collés sur le sol sous la forme d'un petit chemin. J'ai ouvert la porte entre la chambre et le salon et j'ai vu que le chemin continuait, les petits papiers de toutes les couleurs, Je t'aime, je t'aime, je t'aime.

Je les ramassais et je les gardais dans ma main.

Quand je suis arrivée dans la cuisine, les papiers montaient sur les meubles, jusqu'au plan de travail où ton frère avait laissé des fleurs et un cadeau. Le petit chemin de papier menait jusque-là.

J'avais les larmes aux yeux.

D'autres fois je rentrais et il y avait sur le sol des pétales de roses, des bougies. Il préparait tout ça pendant des heures, l'après-midi. Je ne sais même pas comment il avait la patience de faire tout ça, détacher les pétales des roses, un par un, les répartir dans l'appartement et réussir à faire que ce soit joli, disposer les bougies, c'est un travail énorme. Jamais personne n'avait fait ça pour moi.

Je me sentais importante grâce à lui. Moi qui n'avais jamais réussi à me sentir importante, cette fois ça marchait.

Maintenant, toute cette histoire, ton frère, ta famille, tout ça est derrière moi, c'était il y a longtemps. Maintenant je suis heureuse, j'ai une fille.

(Elle est à l'équitation pendant que je te parle,

je suis dans la voiture et je l'attends, si tu voyais comme elle est belle !)

Je n'échangerais ma vie d'aujourd'hui contre rien au monde mais malgré tout je n'oublie pas. Malgré tout, je n'oublie pas que, grâce à ton frère, je me suis sentie importante.

Rien ne peut effacer ça. »

À la fin du repas que j'étais allé chercher avec le fils de ma sœur et que nous avions mangé dans un relatif silence, entrecoupé par des conversations sans intérêt ni intensité, à propos desquelles je n'ai rien à dire, je me suis senti vidé de toute forme d'énergie. Je ressentais cette fatigue typique qu'on ne ressent qu'avec la famille, par le contact avec les parents ou avec les frères et sœurs, et j'ai dit que j'étais fatigué, vraiment fatigué, j'avais besoin d'aller dormir ; j'ai étiré les bras pour souligner mes paroles.

Ma mère a dit qu'elle aussi devait s'allonger. Nous avons mis nos manteaux et je me suis avancé pour dire au revoir à ma sœur, en pensant que c'était sans doute la dernière fois avant plusieurs années que je partageais une soirée avec elle.

Je pensais : *Nous nous reverrons au prochain mort dans la famille.*

Ma sœur me disait au revoir mais elle savait qu'elle me disait adieu. Elle a bredouillé quelques formules de circonstance pour m'inviter à revenir chez elle quand je le voudrais, ma présence ferait plaisir à ses enfants et j'ai dit que oui, oui, j'essayerais de revenir bientôt, évidemment, pourquoi pas au printemps quand le soleil serait de retour et que la campagne serait belle.

Je suis sorti de la maison avec ma mère et nous avons marché à travers les mêmes rues sombres que j'avais traversées une heure plus tôt pour acheter le repas. Il s'est mis à neiger : la neige tombait sur nos épaules et amortissait le bruit de nos pas, elle préparait la possibilité de nos mémoires. J'ai demandé à ma mère :

– Ça va, tu tiens le coup ?

À cause du froid, les volutes de condensation brouillaient nos visages. Elle m'a répondu :

– Oui, oui ça va.

Je ne trouvais rien d'autre à dire.

J'ai continué :

– Tu aimes bien ce village ? Tu es bien ici ?

– Oui.

Elle a repris son souffle :

– Oui, il y a beaucoup de commerces pour un village aussi petit, c'est rare. C'est vivant.

Je ne savais pas s'il fallait parler de la mort de mon frère, ou s'il fallait détourner son attention pour la soulager du poids de ce qui venait de se passer. J'avais la sensation que toutes les phrases parlaient de mon frère mort, même les plus insignifiantes, sur la taille du village ou sur l'aspect des rues, puisque quand je parlais d'autre chose, je le faisais pour éviter de parler de mon frère, ce qui revenait à l'évoquer.

Il n'y avait plus de dehors.

Nous sommes arrivés devant la maison de ma mère et elle a ouvert la porte. C'était la maison que j'avais trouvée en ligne et louée pour elle quelques mois plus tôt, quand elle m'avait dit qu'elle souhaitait vivre près de ma sœur, mais je ne l'avais encore jamais vue. Elle m'a montré la chambre dans laquelle j'allais dormir, mitoyenne à la sienne. Je lui ai demandé si elle voulait discuter encore un peu, boire quelque chose de chaud ou regarder un film, n'importe quoi, mais elle m'a répondu que je pouvais aller me coucher :

– Je vais fumer une dernière cigarette et aller dormir.

Je lui ai dit :

– Tu es sûre ?

Et elle a répété :

– Oui, oui ça me fera du bien d'être un peu seule.

Je l'ai embrassée, je suis allé me brosser les dents, et enfin, aux alentours de deux heures du matin, je me suis allongé dans la chambre d'amis. À travers la porte, j'entendais les mouvements de ma mère, le briquet qu'elle allumait, ses expirations quand elle recrachait la fumée de la cigarette. J'essayais de deviner à quoi elle pensait. Les images, les souvenirs. J'ai attendu qu'elle éteigne toutes les lumières, j'ai lu quelques lignes du livre de Joan Didion que j'avais emporté avec moi, puis j'ai avalé un somnifère et je me suis endormi.

Des remarques encore :

1 : Un jour, à la fête foraine du village, mon autre frère, le plus jeune, a disparu. Toute la famille et les voisins qui étaient présents sont partis à sa recherche, ma mère pleurait, paniquée : elle était certaine qu'il avait été enlevé. Finalement nous l'avons retrouvé sur les marches de la maison. Il attendait simplement là, il s'était senti fatigué et il avait voulu rentrer. Quand elle l'a retrouvé, ma mère l'a pris dans ses bras, elle l'a embrassé et elle l'a supplié de ne plus jamais disparaître. Mon grand frère avait assisté à la scène. Il avait bu, il puait l'alcool. En voyant ma mère se comporter d'une manière aussi douce et aussi tendre avec un de ses enfants, il est entré dans un état de démence comme je n'en ai jamais revu depuis. Il hurlait que lui avait été maltraité dans son enfance, qu'on ne lui avait jamais donné autant d'amour, qu'il avait été humilié, la démence le faisait mentir, il disait qu'il avait été contraint de faire la manche dans les rues du village pour survivre, qu'il avait été battu.

Quelques minutes plus tard, au sommet de sa rage, il s'est jeté sur mon père et il l'a frappé jusqu'à le laisser presque-mort sur le sol.

2 : Dans un de ses textes les plus beaux, Sigmund Freud tente de distinguer le deuil de la mélancolie. Selon Freud, le deuil se caractérise par une césure avec le monde extérieur : l'individu en deuil, à cause de sa tristesse, n'arrive plus à s'intéresser à la réalité qui l'entoure et à tout ce que cette réalité contient, le travail, l'amitié, les occupations, tandis que la mélancolie correspond, elle, avant tout, à un rejet de soi. Ce n'est pas seulement ce qui l'entoure que le mélancolique rejette mais lui-même : il se méprise, il trouve son existence vaine, il se déprécie. Je n'ai jamais vu mon frère exprimer le moindre dégoût pour lui-même. Je n'ai jamais vu mon frère douter de sa valeur. Je l'ai toujours vu, au contraire, exprimer du dégoût pour l'extérieur, pour les autres, pour le monde. Si, dans le langage freudien, ce n'était pas sa propre personne qu'il dépréciait, mais la réalité autour de lui, alors mon frère n'était pas mélancolique ; il était en deuil. Mon frère portait le deuil de la vie qu'il était certain qu'il aurait dû vivre, mais que quelque chose, il ne savait pas très bien quoi, le monde, la réalité, une malédiction, lui avait volée.

3 : Il faut bien comprendre : mon frère n'a pas cessé de déployer des efforts pour briser cette malédiction. Mais il ne possédait pas les *techniques de la fuite,* il était trop empêtré dans sa propre existence, et le résultat, je l'ai dit déjà, c'est que plus il se débattait et plus il se condamnait.

4 : Quand j'ai commencé l'enquête sur lui, j'ai pensé qu'écrire l'histoire de mon frère, c'était écrire l'histoire d'un garçon à la vie entièrement délimitée et définie par les déterminismes sociaux : masculinité, pauvreté, délinquance, alcool, mort prématurée. Mais je vois aujourd'hui que sa vie raconte autre chose. Et si mon frère était mort à trente-huit ans non pas à cause du déterminisme social, mais à cause d'un accident dans le fonctionnement normal des forces sociales ? Voilà ce que je crois : dans le milieu de mon enfance, nos conditions de vie nous dictaient souvent nos rêves et nos espoirs. La violence du déterminisme social résidait aussi dans la façon dont il délimitait nos désirs : avoir une promotion à l'usine, acheter une télévision plus grande, obtenir un prêt pour une voiture. Si les rêves de mon frère étaient si vastes, et si désajustés par rapport à son existence, si ses rêves le plongeaient dans ce désespoir qui un jour est devenu la substance de sa vie, alors c'est que les mécanismes du déterminisme social ont échoué à totalement conditionner la personne qu'il était. La société n'a pas accompli sa mission. Ou elle n'en a accompli qu'une partie : la précarité, l'isolement, l'alcool. Mais pas le reste. Pas la délimitation des rêves.

5 : Dans l'analyse existentielle proposée par la psychiatrie alternative de Ludwig Binswanger, on comprend que la Blessure ou la dépression sont des réalités qui brisent le temps et sa possibilité même. L'être blessé, chez Binswanger, n'a plus ni passé, ni présent, ni futur : le passé n'est jamais passé puisque l'être blessé ressasse ses souvenirs malheureux, ne les laisse jamais derrière lui, ne les laisse jamais *passer*. Le futur n'est pas un futur puisque l'être blessé ne le voit que comme un risque de répétitions des souffrances déjà éprouvées. Le présent lui-même se dissout, écrasé sous les fantômes de ce passé jamais passé et sous l'angoisse d'un futur qui n'est plus – plus rien que la projection d'un cauchemar ancien toujours sur le point de faire son retour.

« Tout l'avenir du présent s'épuise à devenir son propre passé », commente Michel Foucault dans sa lecture de Binswanger.

Peut-être mon frère avait-il *perdu le temps*.

6 : Est-ce que c'était de dépression que mon frère était atteint ? Dans son livre *Soleil noir*, Julia Kristeva écrit : « Ma dépression me signale que je ne sais pas perdre. » Tout ce que mon frère avait dit le soir de la fête foraine le prouve, il n'avait pas la faculté de laisser ses défaites et ses traumatismes derrière lui et il les traînait dans son corps, sous sa peau, pour le reste de sa vie : son père l'avait abandonné, mon père avait ri de lui, ma mère n'avait pas pris sa défense. Mon frère était pathologiquement incapable de perdre – de perdre quoi que ce soit, *sauf le temps*.

À la même époque – il avait donc vingt et un ou vingt-deux ans – on a pensé que mes grands-parents pourraient sortir mon frère de la pente fatale sur laquelle il glissait. Mon frère les adorait : ils avaient toujours été patients avec lui. Même les parents les plus mauvais sont souvent de bons grands-parents : l'absence de pouvoir sur les autres les rend meilleurs. Mon grand-père a appelé mon frère et il lui a dit qu'il était déçu par ce qu'on lui avait rapporté sur son addiction à l'alcool et sur ses accès de violence. La remarque a eu l'effet d'un choc sur mon frère : parce qu'il les aimait profondément, ce que lui disaient mes grands-parents avait un impact beaucoup plus fort sur lui. Parce qu'ils ne lui avaient jamais fait de reproches, mais avaient plutôt toujours essayé de le comprendre, l'avaient toujours accueilli, la remarque de mon grand-père, appuyée par ma grand-mère, l'a *blessé positivement* et lui a fait honte. Il a promis qu'il changerait. Il est allé vivre chez eux pendant quelques semaines, il n'a plus bu, il passait ses après-midi à jardiner avec mon grand-père, le soin extrême à porter aux fruits et aux salades qui émergeaient de la terre semblait l'apaiser, détourner mon frère de lui-même. Mais comme avec Angélique, il n'a pas réussi à tenir le rôle assez longtemps. Il devait boire. Après trois semaines dans la petite maison de mes grands-parents, il leur a dit qu'il était désolé et il s'est enfui.

(Une chose de plus avant de poursuivre l'histoire. J'ai parlé jusqu'ici de la violence et de la tristesse que l'alcool réveillait en mon frère, mais il y avait autre chose : boire était aussi pour lui une source et une recherche de joie. Quand ses lèvres entraient en contact avec son premier verre de whisky ou sa première bière de la journée, c'était une expression d'extase qui se dessinait sur son visage, comme s'il avait été soudain mis face à une apparition divine, ou comme si survenait enfin une libération qu'il aurait attendue pendant des mois. Ce bonheur est indescriptible. Je ne dois pas oublier de dire que quand il buvait, pendant les premières heures, mon frère était un personnage joyeux, beaucoup plus joyeux que les autres en général ; il dansait, chantait, il entraînait sa famille et ses amis avec lui. C'est seulement dans un deuxième temps que son état évoluait vers le désespoir et la violence. Et peut-être que les deux étaient liés. Peut-être que l'une des raisons du malheur de mon frère, c'est qu'il était démesurément attaché à l'idéal du bonheur et que sa vie ne pouvait pas lui offrir ce qu'il voulait. Boire était une façon d'obtenir pour quelques instants cette joie qu'il aimait peut-être trop – avant que la réalité, ou ce qu'il voyait comme la réalité, se rappelle à lui. Peut-être qu'un des problèmes de mon frère, c'est qu'il aimait le bonheur d'un amour trop profond et trop intense, et que la vie ne pouvait, en conséquence, que le décevoir.)

FAIT NUMÉRO 8

Suite à sa rupture avec Angélique, mon frère a déménagé à Abbeville, une petite agglomération du nord de la France, où il survivait grâce à de courtes missions d'intérim en tant qu'ouvrier du bâtiment ou à l'usine : porter des parpaings, des sacs de ciment, nettoyer des cuves industrielles ou ranger des marchandises dans des hangars immenses à la périphérie de la ville.

Dans un bar, un soir, il a rencontré Géraldine. Ils auraient une histoire d'amour discontinue pendant six ans. Au cours des après-midi que je passais avec eux, quand mon frère insistait pour que je vienne lui rendre visite, quand il insistait pour que lui et moi jouions à être frères, je les voyais, lui et Géraldine, s'embrasser pendant des heures, et ne rien faire d'autre ; je n'avais jamais vu un couple comme eux. Mon frère s'inquiétait d'une façon disproportionnée quand elle sortait et qu'elle ne répondait pas à ses appels ; quand elle était au travail, Géraldine lui envoyait des dizaines de messages, à chaque instant elle voulait savoir où il était, ce qu'il faisait. J'ai imaginé, quand j'ai commencé à écrire ce livre, que j'avais peut-être surestimé l'intensité de leur relation, mais Géraldine me l'a confirmé quand je l'ai interrogée :

– J'ai aimé ton frère comme personne. Même l'homme avec qui je suis maintenant, je vois qu'il souffre parce qu'il sait que le grand amour de ma vie, ça a été ton frère et que rien ne pourra changer ça.

Pourtant l'histoire se répétait et s'amplifiait dans sa répétition : avec Géraldine, mon frère se comportait comme avec Angélique, mais en pire. C'était comme si il avait voulu l'aimer mais qu'il était, dans les faits, inapte à mettre en pratique ce sentiment. Il buvait toujours plus, certains soirs il vomissait dans l'appartement, il renversait les meubles. Les années passaient, il avait vingt-deux, vingt-trois, vingt-quatre ans et il s'est mis à l'alcool plus tôt dans la journée, d'abord au milieu de l'après-midi, sans occasion particulière, puis le matin, puis directement au réveil.

L'alcool devenait pour mon frère une maladie incontrôlable, et de plus en plus visible pour les autres.

Géraldine était femme de ménage dans des entreprises, elle se levait au milieu de la nuit pour travailler et mon frère lui rendait la vie insupportable. À une ou deux heures du matin, de plus en plus systématiquement, il allumait la télévision, il lançait la musique avec le volume poussé au maximum et il regardait le vide en face de lui. Il disait qu'il souffrait, puis il devenait agressif, mais, contrairement à Angélique, Géraldine répondait quand mon frère l'agressait et les disputes prenaient des proportions immenses : elle chassait mon frère au milieu de la nuit, en slip sur le palier de l'appartement, ils se lançaient des seaux d'eau au visage, ils se frappaient.

Et la scène se répétait, mais d'une façon toujours plus sombre, toujours plus brutale ; mon frère sur le canapé, les bières, la musique, et ses mots : il avait été abandonné, depuis son enfance, toute son histoire était l'histoire d'un long abandon.

« L'affect de la tristesse crée une cohésion du moi, une unité, un sens, contre le morcellement », écrit Julia Kristeva et j'ai songé, en la lisant, que cette phrase pouvait résumer ce qui se jouait en lui : la vie de mon frère avait été fracassée par les circonstances et sa tristesse lui offrait l'illusion d'une continuité, comme si tout avait été parfaitement logique, planifié, cohérent. La tristesse recollait les morceaux et créait pour lui la possibilité d'un récit.

Géraldine demandait à mon frère de baisser le volume de la musique. Elle devait travailler tôt et son travail était épuisant, humiliant, à quatre pattes sous les bureaux pour nettoyer, à devoir partir le plus vite possible avant l'arrivée des employés qui ne devaient surtout pas la voir, peut-être parce que cette confrontation les mettrait face à l'évidence de l'injustice, à la laideur de l'exploitation du corps d'une femme pour leur confort, d'une femme qui respirait les produits chimiques pendant des heures et s'abîmait les mains dans l'eau brûlante, quoi qu'il en soit, Géraldine avait besoin de repos pour pouvoir tenir au travail et elle le disait à mon frère, elle le suppliait d'arrêter la musique, mais il ne l'écoutait pas. Il l'insultait. Il devenait violent. Jusqu'à cette nuit où la violence de mon frère s'est dirigée contre ses enfants, et où Géraldine l'a chassé.

« Ton frère ?

La dernière fois que je l'ai vu, c'est quand il s'en est pris à mes enfants.

Un soir il est devenu fou.
Il s'est tourné vers mes deux filles et il a commencé à dire,
Je vais les buter ces salopes, je vais les buter.
Il avait les yeux tellement gonflés,
rouges,
même toi tu l'aurais pas reconnu.
Même toi tu n'aurais pas pu le reconnaître.

Mais je reprends.
Bon.
Il s'est jeté sur elles et il les a poursuivies.
Elles se sont cachées dans la chambre,
elles criaient,
Maman, maman !
mais lui,

ton frère,
il a réussi à entrer.

Il était avec elles, dans la chambre – alors moi, qu'est-ce que j'ai fait ? Je me suis mis entre lui et mes deux filles et je les ai protégées. J'étais allongée sur mes deux filles, pliée, comme une carapace de tortue, et ton frère, il me tapait sur le dos, comme si il aurait voulu me transpercer.

Il me tapait tellement fort que mes filles elles sentaient ses coups à travers moi, elles me l'ont raconté le lendemain, elles m'ont dit Maman on sentait ses poings à travers ton corps à toi.

Il me tapait mais je me disais, en moi, Tu lâches pas. Tu lâches pas. Tu dois pas le laisser toucher à tes filles. Accroche-toi Géraldine, accroche-toi.

C'était pas la première fois.

Il me tapait souvent.

Un jour, dans la rue,
comme ça,
sans raison,
il m'a mis une grosse claque dans la tête.
Mes lunettes de soleil,
elles ont volé par terre.
Comme ça, en plein milieu de la rue.

[elle soupire]

Oh, je me laissais pas faire.

Il faut pas croire, je suis pas une victime.

Je répliquais.

Quand il m'insultait je lui disais Mais toi tu t'es vu un peu, le gros tas alcoolique ? T'as vu ta tronche franchement ? Tu ferais mieux d'aller faire un ravalement de façade. En plus t'es même pas capable de travailler – et je savais que ça lui ferait du mal ça, parce que c'était ce qu'il supportait le moins, qu'on le traite de fainéant. Ou d'alcoolique.

Qu'est-ce que ton frère supportait le moins ? La vérité.

Si tu veux connaître ton frère c'est ça que tu dois savoir : il ne supportait pas la vérité.

Mais même la violence.

Un jour qu'il essayait encore de me frapper,

qu'est-ce que j'ai fait,

j'ai pris un couteau et je lui ai planté dans la tête.

Sur son front.

Il avait du sang partout, il criait, t'aurais vu le truc, on aurait dit un film d'horreur.

Il a eu des points de suture et je sais qu'il a dit à votre mère qu'il s'était blessé en tombant par terre, sauf que plusieurs mois plus tard, il était bourré et il a dit ce qui s'était vraiment passé, alors ta mère elle m'a appelée et elle m'a dit comme ça Mais ça va pas de planter un couteau dans la tête de mon fils ? Et moi je lui ai répondu Mais c'est parce qu'il me frappe madame et moi je ne veux pas me laisser faire, je ne suis pas quelqu'un qui se laisse faire.

Jamais.

Elle m'a dit Ah bon.

C'était toujours la même chose. Il buvait et il commençait à ressasser tous ses vieux problèmes.

Je lui disais, Oh c'est bon c'était il y a dix ans tu peux passer à autre chose ça sert à rien de rester bloqué là-dessus, faut avancer.

Est-ce que j'ai eu tort ? Je me dis que peut-être j'ai eu tort. Peut-être que j'aurais dû l'écouter, le faire parler plus, des fois je m'en veux un peu, mais tu comprends, je pensais que ça l'aiderait pas – il aurait fait quoi ? Il en aurait parlé encore plus, il se serait rendu encore plus malade.

Je voulais l'aider c'est tout.

Et donc il buvait, il ressassait, et là,
d'un seul coup,
à force de ressasser,
il devenait agressif. »

Je lui ai demandé : Est-ce que tu avais peur ? Et elle a continué :

« J'ai eu peur à partir du moment où l'alcool lui a fait perdre la tête. Il buvait tellement, il commençait à avoir des hallucinations, il me disait Tu as vu le serpent là ? Je répondais, un serpent ? Il n'y a pas de serpents dans le nord de la France ça va pas bien toi tu perds vraiment la boule ! Et lui il continuait, mais si, je te jure, je viens de voir un serpent passer derrière toi, je te jure qu'il y a un serpent, là, il est parti sous le canapé.

Bon,

ça,

ça me faisait plutôt rire qu'autre chose, mais il y a des autres fois où il disait vraiment des trucs flippants.

Je me rappelle.

Il me chuchotait, attends, attends faut que je te dise un truc mais faut que personne nous entende, je crois que tes filles sont pas tes filles. Quelqu'un t'a fait croire qu'elles sont tes filles mais ce n'est pas vrai, elles sont pas tes filles.

Il me disait : Peut-être qu'on devrait les tuer pour s'en débarrasser. Tu peux pas vivre avec elles si c'est pas tes filles.

Le soir où il s'en est pris à elles, quand j'ai dû les protéger,

avant que je me débarrasse de lui,

il avait caché un couteau sous leur matelas. Sous le matelas de mes filles.

Alors ça j'ai pas supporté.

J'ai ma cousine qui est dans la police, j'ai décidé de l'appeler. La police a dit à ton frère qu'il avait plus le droit de m'approcher. Quand ils l'ont prévenu tu crois qu'il aurait obéi ? Il est venu en bas de chez moi en hurlant Ouvre, ouvre ! Je vais te crever ta bagnole si tu ouvres pas sale truie.

Il était là, il criait dans la neige, il neigeait, je voyais ton frère comme une tache et il criait Grosse pute, salope, ouvre-moi sinon je vais te crever toi et je vais te crever ta bagnole !

Tous les voisins nous regardaient.

La honte.

J'ai appelé la police encore une fois et là ils lui ont demandé de partir carrément de la ville, et ton frère est parti vivre à Amiens. Je suis allée le voir après à Amiens, des fois.

J'avoue.

J'ai été bête mais je l'aimais…

J'ai oublié de te dire quelque chose, c'est que le jour où il s'est attaqué à mes filles, après, il a été dans la salle de bains. Il a pris un rasoir et il s'est tranché les veines. J'entendais plus rien alors je suis allée voir ce qui se passait. Quand je l'ai vu,

là,

au milieu de son sang,

je lui ai dit C'est bien fait pour ta gueule j'espère que tu vas crever.

Je sais que c'était pas gentil, mais tu comprends, il venait de me tabasser, il avait voulu faire du mal à mes filles. Alors je lui ai dit, Crève, c'est bien fait pour ta gueule.

C'est bien fait pour ta gueule. »

Je détestais souvent mon frère, mais j'ai besoin de comprendre.

FAIT NUMÉRO 9

Toute sa vie, mon frère a été chassé. Toute sa vie mon frère a eu des comportements qui l'ont conduit à être chassé.

Après que Géraldine les avait prévenus de ses comportements violents, les policiers ont donc expulsé mon frère pour l'éloigner d'elle, par un acte officiel ou d'une façon plus informelle, je ne le sais pas, et il s'est installé à Amiens, d'abord chez un ami puis dans son minuscule studio attaché au garage, près de la gare.

Là-bas, à Amiens, à peine établi dans le studio-garage, il a reçu un appel sur son téléphone pour lui annoncer que son père venait de mourir, à quarante-huit ans. Il buvait depuis toujours mais cela faisait quelques années déjà que sa consommation d'alcool était devenue incontrôlable, maladive, et un jour ou une nuit, personne ne le sait puisque personne n'était là pour y assister, il s'est effondré sur le sol de chez lui, comme un présage de ce que serait la fin de mon frère quelques années plus tard.

Répétition. Réverbération. Réverbération du destin.

Une personne qui vient de perdre son père, quand elle entre dans une pièce, a toujours l'air d'avoir couru plusieurs centaines de mètres, même si elle ne fait que descendre d'une voiture ou se lever d'une chaise : mon frère a surgi chez mes parents, l'air ahuri, essoufflé, les mouvements secs et vifs. Il s'est assis sur le canapé et il a plongé son visage dans ses mains, il pleurait. Il demandait, sans qu'on puisse savoir exactement à qui il s'adressait : « Pourquoi est-ce que mon père ne voulait plus me voir ? Qu'est-ce qu'il avait contre moi ? » Il murmurait : « Maintenant c'est trop tard, c'est trop tard… »

Il nous a annoncé qu'il irait aux funérailles avec Géraldine. Elle m'a expliqué au téléphone :

– Je sais bien que j'avais appelé la police pour qu'ils le fassent partir et que j'avais juré de plus le voir après ça, mais je l'aimais ton frère, qu'est-ce que tu veux ? Je l'aimais. Alors quand il est parti vivre à Amiens, j'ai continué à aller le voir, je pouvais pas me retenir. Ça a duré comme ça plusieurs mois, jusqu'au jour où j'ai vraiment arrêté. Mais ça a pris du temps…

Ils sont allés ensemble à l'enterrement, habillés de noir. Mon frère marchait en fin de cortège, à l'écart des autres, le visage baissé vers le sol et les mains jointes.

Il est resté silencieux pendant la cérémonie, comme s'il était possédé, ou plutôt comme si son corps n'était plus le sien, c'est ce que dit Géraldine, elle dit qu'il existait comme une scission entre son regard et son corps, entre son corps immobile, dur, raide, et son regard qui hurlait, ses yeux lancés dans toutes les directions, apeurés.

Quand il est rentré chez lui, le soir, il s'est effondré.

Je n'ai pas assisté à l'enterrement du père de mon frère mais les années d'après, quand je le voyais, il m'en parlait. Les larmes tombaient de son visage, non pas ces larmes qui dessinent des sillons brillants sur la peau mais celles trop massives qui s'écrasent sur le sol à peine formées. J'essayais de le réconforter, en lui disant qu'il devait passer à autre chose et faire sa vie. Il n'écoutait pas.

Je me suis réveillé dans la maison de ma mère le lendemain de la conversation sur le prix de l'enterrement. Il était trop tôt et le manque de sommeil me donnait la nausée. J'ai demandé à ma mère comment elle allait. Elle a hoché la tête au ralenti :

– Ça va…

Il était convenu qu'elle et moi retrouverions ma sœur pour repartir à Amiens où elles avaient trouvé une entreprise de pompes funèbres qui semblait à la fois fiable et bon marché. Sur la route, elle et ma mère ont évoqué mon frère, encore. Ma mère assise sur le siège passager se tournait vers moi :

– Il aurait tellement aimé te voir quand on a fêté notre dernier Noël en famille, sans toi… Il disait : Il manque mon petit frère à côté de moi.

Je regardais les champs à travers la vitre de la voiture. Je ne savais pas quoi répondre. J'en voulais à ma mère de me mettre dans cette situation.

Une fois aux pompes funèbres, ma sœur s'est garée ; elle a dit qu'elle et ma mère allaient parler à un des employés pour établir le devis de la cérémonie et de l'enterrement – est-ce que je pouvais les attendre dehors ou dans la voiture ? J'ai répondu que j'étais d'accord.

Dehors il faisait froid, toujours ce froid de janvier, agressif. La rue où je marchais était laide, le silence était tel que je pouvais entendre ma propre respiration dans mes oreilles.

Je pensais : Je vais écrire sur mon frère.

Je pensais à la phrase de Jamaica Kincaid : « Je suis devenue écrivain par désespoir, de sorte que quand j'ai appris que mon frère était mourant, j'étais familiarisée avec l'acte qui me sauverait : j'écrirais à son sujet. J'écrirais au sujet de sa mort. Quand j'étais jeune, plus jeune que je ne le suis maintenant, j'ai commencé à écrire au sujet de ma propre vie et j'en suis venue à voir que cet acte m'avait sauvé la vie. Quand j'ai appris que mon frère était malade et qu'il allait mourir, j'ai su, instinctivement, que pour le comprendre, ou pour tenter de comprendre sa mort, et pour ne pas mourir avec lui, j'écrirais à ce sujet. »

Je savais qu'une fois de retour chez moi à Paris, j'allais ouvrir mon ordinateur et commencer le récit de l'existence et de la chute de mon frère.

Ma mère et ma sœur sont sorties après presque deux heures. J'étais ahuri, je n'avais pas vu tout ce temps passer, ce temps à essayer de comprendre – comprendre quoi, même de cela je n'étais pas sûr. J'ai proposé d'aller manger quelque chose dans une brasserie du centre-ville avant de reprendre le train pour rentrer chez moi. Je me souviens avoir dit des banalités pendant le repas, je ne mangeais pas, puis j'ai regardé l'heure sur mon téléphone et j'ai dit que je devais partir. J'ai embrassé ma sœur et j'ai chuchoté à ma mère qu'elle pouvait m'appeler quand elle en avait besoin. Je l'ai invitée à venir à Paris la semaine suivante pour se changer les idées. Ma phrase était idiote : j'imagine que ma mère ne voulait pas se changer les idées, mais qu'elle voulait au contraire penser à mon frère.

J'ai bredouillé :

– Si tu viens à Paris, on ira faire des promenades ensemble.

Et elle a hoché la tête :

– Oui, je t'appellerai.

Elle m'a regardé avec des yeux implorants avant de me laisser partir :

– Tu viendras peut-être pour l'enterrement de ton frère ?

J'ai soupiré :

– Tu sais que je n'aime pas les cérémonies comme ça…

Une fois de plus je ne pouvais pas lui dire la vérité : que c'était parce que je n'aimais pas mon frère que je ne voulais pas me rendre à son enterrement.

J'ai dit que je devais vraiment y aller, je la préviendrais si je changeais d'avis ; je suis sorti et j'ai couru jusqu'à la gare. Je suis monté dans le train et une fois assis, j'ai soufflé.

Je rentrais enfin ; je faisais le voyage en sens inverse. J'ai regardé autour de moi, j'ai ouvert le carnet qui se trouvait dans mon sac, et j'ai écrit dessus, à l'encre bleue :

« Je n'ai rien ressenti à l'annonce de la mort de mon frère ; ni tristesse, ni désespoir, ni joie, ni plaisir. J'ai reçu la nouvelle comme on recevrait des informations sur le temps qu'il fait, ou comme on écouterait une personne quelconque nous dérouler le récit de son après-midi au supermarché. Je ne l'avais pas vu depuis presque dix ans. Je ne voulais plus le voir. »

…

…

… Maintenant s'arrête ce récit du voyage à Amiens pour assister ma mère dans les formalités de la mort.

Maintenant commence l'histoire de la dernière phase de l'effondrement de mon frère.

Mais avant cela, je voudrais raconter une dernière anecdote que m'a rapportée Géraldine : Mon frère parlait souvent de son rêve d'avoir des enfants, et surtout un fils. Il voyait ce projet comme une manière de rattraper avec ce fils rêvé la relation que lui n'avait jamais eue avec son père ; la plupart des gens veulent des enfants non pas pour transformer leur avenir, mais pour conjurer leur passé.

Il s'occuperait de lui, il jouerait avec lui, il l'emmènerait au parc, lui transmettrait des valeurs. Il en parlait beaucoup, mais les années passaient et aucune de ses compagnes n'était tombée enceinte.

J'avais fini par penser qu'il était stérile, que peut-être les quantités impressionnantes d'alcool qu'il buvait avaient rendu son corps inapte à produire des enfants, et je me souviens que c'était une hypothèse que ma sœur partageait avec moi quand elle me parlait de mon frère, à l'époque où je la voyais encore régulièrement – ce qui veut dire aussi que parler de mon frère a toujours signifié, pour elle comme pour moi, tenter de résoudre une énigme, que parler de mon frère, c'était toujours émettre des hypothèses, et donc que sa vie, comme sa mort, a depuis les origines pris la forme d'un point d'interrogation.

Je l'avais dit à Géraldine lors d'un de mes échanges avec elle :

– Et puis en plus mon frère était stérile. Lui qui voulait tellement avoir un enfant, ça n'a pas dû l'aider dans son instabilité…

Elle m'a repris, comme si j'étais un fou :

– Stérile ? Ton frère ?

– Oui, en tout cas quelque chose comme ça…

– Mais ton frère n'était pas stérile du tout.

Je ne comprenais pas. J'ai laissé un silence pour marquer mon incompréhension et elle a poursuivi :

– Ton frère n'était pas stérile du tout. Écoute. Je vais te dire. Je suis tombée enceinte de ton frère avant qu'il parte. Avant que j'appelle ma cousine dans la police et qu'il a été forcé d'aller vivre à Amiens. Je me sentais bizarre, j'avais les seins qui gonflaient et j'ai été faire un test. J'ai vu que j'étais positive. Là je suis tombée de haut, je me suis dit : Qu'est-ce que je vais faire ? Je pouvais pas être enceinte de lui, c'était pas possible. Je pouvais pas avoir un enfant avec lui qui était alcoolique et qui tapait tout ce qui bougeait autour de lui. Un enfant comme ça, il aurait été malheureux. Alors j'ai décidé que j'allais rien dire à ton frère, et je suis allée me faire avorter. Mais quelques mois après on se disputait encore parce qu'il m'avait trompée. Je disais à ton frère qu'il changerait jamais, qu'il était bon qu'à mentir et que c'était qu'un incapable, et que c'était pour ça qu'il ratait tout dans sa vie. J'étais tellement en colère. Et là je lui ai dit. Je lui ai dit : Tu sais quoi ? En fait j'étais enceinte il y a pas longtemps, enceinte de toi, et je me suis fait avorter. Je t'ai rien dit. Peut-être qu'aujourd'hui tu aurais un fils. Et là, ton frère, je l'ai jamais vu comme ça. Il a explosé. Il était fou, mais fou ! Il a dit Quoi ? Qu'est-ce que tu racontes ? Qu'est-ce que tu racontes salope ??? Il a attrapé tout ce qu'il y avait autour de lui dans l'appartement et il a tout broyé, il criait, Mais tu as tué mon fils, espèce de salope tu as tué mon fils !!!!!! Je vais te crever ta gueule de pute !!! Je crois qu'il s'est jamais remis de ça.

3

FAIT NUMÉRO 10

Avant son effondrement définitif, mon frère a eu un dernier rêve. La scène de l'annonce a débuté comme les autres : après quelques mois d'absence mon frère est revenu chez mes parents, l'air grave et silencieux, il a attendu le moment qu'il jugeait être le bon puis il s'est assis.

Il nous a dit qu'à Amiens où il venait de s'installer après sa rupture avec Géraldine, il avait rencontré un homme – je ne sais plus comment, j'ai oublié, sans doute par l'intermédiaire d'un ami commun – et que cet homme achetait et rénovait des vieux appartements dans la ville pour ensuite les revendre à un prix plus élevé. Il nous a dit que, surtout, par ces transactions continuelles d'achats et de reventes, cet homme gagnait beaucoup d'argent, et même, qu'il était riche.

Riche.

Ce mot nous faisait tellement rêver ; je ne me souviens pas d'un jour sans que mon père ou ma mère en parlent, sans qu'ils s'imaginent ce qu'ils feraient s'ils gagnaient à la loterie ou s'ils recevaient l'héritage d'un parent éloigné et inconnu, alors quand mon frère a prononcé ce mot, mes parents l'ont écouté, comme jamais ils ne l'avaient écouté à l'annonce d'un de ses projets.

Mon frère nous a expliqué que cet homme et lui avaient discuté, ils avaient bu quelques bières ensemble dans un bar du centre-ville et le Propriétaire l'avait adoré, immédiatement, comme l'homme de la boucherie quelques années plus tôt, tellement qu'il avait proposé à mon frère de travailler avec lui.

Ils allaient devenir associés, c'est cet événement-là que mon frère était venu nous annoncer, lui et le Propriétaire allaient rénover des dizaines d'appartements à deux, passer leurs journées à travailler et à discuter, le travail ne serait pas une corvée parce qu'ils seraient ensemble et qu'en travaillant ils apprendraient à mieux se connaître, mais attention, ils n'allaient pas pour autant moins travailler, au contraire, leur complicité les rendrait plus forts, et, ah oui, il devait corriger ce qu'il venait de formuler d'une façon trop imprécise, ils allaient apprendre à se connaître mais il fallait qu'on comprenne bien, ça ne changeait rien au fait que le propriétaire des appartements l'adorait déjà.

Au moment où il nous parlait, mon frère avait appris à poser du carrelage, à prolonger des canalisations, à construire des alcôves et à leur donner une forme parfaitement arrondie, il apprenait tellement de choses, la vérité c'est que lui et le Propriétaire concevaient des appartements d'un luxe que mes parents n'auraient même pas pu se représenter, mon frère en parlait avec un sourire d'envie, mais, je crois, sans amertume, comme si au fond il n'était pas dupe, les autres vivaient dans le luxe mais c'était lui qui savait fabriquer ce luxe, il possédait un savoir que les autres ne possédaient pas, et sans lui ces autres n'étaient rien, il n'y avait pas de ressentiment dans ses phrases parce qu'il tirait de sa situation quelque chose comme un sentiment de supériorité.

Mais mon frère nous a dit que ce n'était pas tout, qu'en plus de ce qu'on venait d'entendre, il avait une deuxième annonce à nous faire, encore plus déterminante : le Propriétaire l'aimait tellement qu'il lui avait laissé entendre qu'un jour il hériterait de son empire, de toutes ses propriétés et de tout son argent.

Silence de mon frère. Respiration.

Est-ce qu'on avait entendu ce qu'il nous disait ? Il voulait tout lui donner parce qu'il aimait mon frère et parce qu'il n'avait pas de fils. Mon frère avait enfin trouvé un père. Comme un père il l'aimerait, comme un père il lui transmettrait des connaissances, comme un père il lui léguerait ce qu'il avait après sa mort – comme un père de fiction, comme un père rêvé, comme le père qu'il n'avait jamais eu.

Silence de mon frère. Respiration.

Mon frère hériterait de beaucoup d'appartements, parce que le Propriétaire était un homme riche, il le répétait, et, ah oui, il y avait ça aussi, il avait omis de nous le dire, le Propriétaire n'avait pas revendu tous les appartements qu'il avait rénovés, il en avait gardé certains qu'il mettait en location et qui lui faisaient gagner de l'argent tous les mois.

Tout ça lui reviendrait un jour, mon frère aurait des revenus tous les mois sans même avoir besoin de travailler, nous qui vivions dans un univers où tout le monde devait s'épuiser au travail, se broyer le dos, anéantir sa santé pour survivre, où les hommes étaient ouvriers ou travailleurs sur les chantiers et où les femmes s'occupaient des personnes âgées ou bien s'abîmaient les articulations à la caisse des supermarchés, nous qui connaissions seulement ou presque dans notre entourage des personnes qui devaient se sacrifier et sacrifier leur corps pour gagner l'argent nécessaire ou à peine suffisant à leur survie, est-ce qu'on se rendait compte ? Mon frère, lui, aurait de l'argent, sans rien faire, qui arriverait automatiquement sur son compte, tous les mois, tous les mois jusqu'à sa mort.

Mon frère nous a dit que depuis une semaine il vivait dans un des studios que le Propriétaire possédait, près de la gare d'Amiens. Il ne payait pas de loyer, le Propriétaire l'hébergeait gratuitement le temps de le former, en échange de quoi mon frère devait accepter les missions qu'il lui proposait.

C'était une nouvelle vie qui commençait pour lui.

Quand il a terminé de tout nous dire il est parti ; contrairement aux autres fois où il nous avait annoncé un nouveau départ il n'avait plus besoin de mes parents, ni de leur aide ni de leur accord, il voulait seulement qu'ils sachent, et il est parti.

Il a travaillé plusieurs mois. Quand il revenait nous voir, les rares fois où il revenait, il nous décrivait ce qu'il avait appris, la beauté des appartements qu'il concevait.

Mais c'était trop tard. Mon frère n'avait que vingt-cinq ans mais il avait déjà trop souffert. J'aurais dû le dire plus tôt mais ce troisième rêve n'avait pas exactement eu la même tonalité que les autres quand mon frère l'avait exposé. Ses premiers rêves, quand il les avait formulés, étaient pleins d'espoirs naïfs et de croyances, mais celui-là était différent, mon frère avait déjà trop souvent rêvé pour rien, ses rêves s'étaient fracassés trop souvent contre sa réalité et quand il avait parlé du Propriétaire l'angoisse était perceptible dans sa voix.

Il avait raison d'avoir peur ; il n'a pas réussi.

Mon frère buvait plus d'alcool encore que quand il avait habité avec Géraldine, et son comportement devenait impossible à anticiper. À cause de l'ivresse il arrivait en retard au travail ; certains jours il ne se rendait pas du tout au chantier. Il balbutiait des excuses, dans un premier temps le Propriétaire le pardonnait, et puis il a compris que mon frère lui mentait et qu'il était pathologiquement embourbé dans son addiction à l'alcool. Il s'est éloigné de lui. Il y a eu quelques cris et quelques fracas, des supplications, des justifications, des fois où mon frère arrivait ivre sur le chantier et où il bâclait des installations électriques qu'il fallait détruire à cause de lui pour les reconstruire, et enfin le Propriétaire lui a demandé de ne plus venir travailler. Mon frère pouvait rester dans le studio, le Propriétaire avait encore de l'affection et de la tendresse pour lui alors il n'a pas rompu brutalement, il l'a laissé vivre gratuitement ou pour presque rien dans le studio pendant plusieurs années avant de le chasser, mais en attendant il ne voulait plus le voir, il ne voulait plus travailler avec lui.

C'était fini.

Mon frère avait perdu le père dont il avait rêvé. Il n'aurait rien, il n'hériterait de rien.

Il avait encore une fois échoué à se défaire de son Destin.

FAIT NUMÉRO 11

Nos corps ont convergé vers la même ville. Je suis arrivé à Amiens quelques mois seulement après mon frère, au moment où il commençait à travailler pour le Propriétaire et au moment où je commençais mes études. Le hasard nous a rapprochés : le local du garage transformé en studio où il vivait n'était qu'à trois cents ou quatre cents mètres de mon lycée, et à quinze minutes en bus de l'université où j'allais m'inscrire quelques années plus tard.

Il m'a téléphoné la veille de mon premier jour au lycée pour me dire qu'il était heureux, lui et moi allions vivre dans la même ville, dans le même quartier ; on pourrait se voir plus souvent, passer du temps ensemble et enfin ressembler à de vrais frères.

Pour notre premier rendez-vous il m'avait suggéré de nous retrouver sur le parvis de la gare, sous l'immense toit de verre qui surplombait l'esplanade – un toit censé à l'origine être transparent qui avec les années se couvrait de saleté et de déjections des oiseaux, devenait de plus en plus opaque et donnait à l'endroit un air apocalyptique de nuances grises et verdâtres, une allure de tristesse désolée.

J'ai vu mon frère arriver de loin ; il me faisait des grands signes avec les deux bras, comme ces hommes sur les pistes d'atterrissage à l'approche d'un avion. Il portait un t-shirt blanc sous une chemise ouverte ; il avait pris du poids, son ventre tendait le tissu du t-shirt entre les deux pans de sa chemise.

Sa transformation physique, provoquée par l'alcool, avait débuté mais je ne pouvais pas encore le savoir ; bientôt il allait perdre ses cheveux, ses dents, bientôt sa peau prendrait une couleur jaune à cause de son foie détruit.

Mais pas tout de suite.

En me voyant approcher de lui mon frère a souri, un vrai sourire de bonheur, impossible à contrefaire ; il m'a demandé comment j'allais et il m'a dit qu'il avait hâte de me montrer son Studio, mais avant qu'on se mette en route il avait quelque chose pour moi :

– Regarde !

Il a sorti une paire de clés de sa poche et il l'a tendue vers moi, toujours en souriant, avec des gestes brusques et théâtraux ; il a crié « Tadaaaaam ! ». J'ai pris le petit trousseau entre mes mains ; c'était un double des clés de son appartement. Grâce à ce double je pourrais entrer et sortir de chez lui autant que je le voudrais, sans avoir à lui demander ou à le prévenir – et je dois l'avouer, quand j'ai commencé à écrire l'histoire de mon frère je me sentais gêné par ce détail, je ne voulais pas le raconter parce que j'avais le sentiment qu'il brisait l'image d'une distance froide entre lui et moi, une distance à laquelle, pour des raisons complexes, je suis attaché. De la même manière, en décrivant le sourire sur le visage de mon frère quand il me voyait apparaître, ce sourire qu'il arborait toujours en ma présence, j'en déduis que, sans doute, mon frère m'aimait, ou au moins qu'il était attaché à moi, mais cette nuance n'était pas quelque chose que j'étais capable de percevoir à l'époque venant de lui, parce que moi je ne l'aimais pas, parce que mon frère avait déjà agressé des personnes devant moi, parce que son addiction à l'alcool le rendait invivable, parce que – j'y reviendrai – il répétait qu'il fallait tuer les homosexuels, et donc me tuer.

Je dois ajouter que si dans une première version de ce texte je n'ai pas voulu mentionner le sourire de mon frère quand il me voyait, c'est aussi parce que ce signe d'attachement me met face à une forme de responsabilité, ou au moins de questionnement : Qu'est-ce que j'aurais pu faire pour lui et que je n'ai pas fait ? S'il m'aimait, ou s'il ressentait une forme d'attachement envers moi, est-ce que j'aurais pu l'aider ? Est-ce que, comme mes parents, je l'ai mis à distance au moment où il avait le plus besoin de soutien ? Je sais pourtant que je n'étais qu'un adolescent et que je n'étais pas tenu d'aider une personne qui m'avait fait souffrir, mais pourtant je ne peux pas ne pas me poser la question : Qu'est-ce que je n'ai pas fait ? Qu'est-ce que j'aurais pu faire ?

Et ce sourire de mon frère me jette la question au visage, et je ne sais pas, je ne sais pas.

Nous avons marché vers chez lui, mais sur le chemin il m'a dit qu'il devait faire une pause. Il s'est arrêté devant un débit de tabac et je l'ai attendu à l'extérieur ; quand il est sorti mon frère tenait dans ses mains trois ou quatre jeux à gratter, des petits carrés de carton aux couleurs criardes.

C'est quelque chose qui allait devenir systématique chez lui, une forme d'obsession et d'addiction. Pendant les mois qui suivraient, j'allais le constater, mon frère achèterait de plus en plus de ces jeux à gratter dans l'espoir de gagner une somme impensable et de fuir sa vie avec cet argent, de rompre la malédiction de son existence. Si ses rêves n'avaient pas abouti, peut-être que le hasard pourrait encore le sauver.

En tout cas, le portrait de mon frère à ce stade de sa vie ressemble à celui-là : un homme debout dans la rue qui gratte un ticket multicolore, les yeux injectés d'espoir et de folie, sa lèvre inférieure pincée par ses dents du haut. Pendant qu'il grattait, j'avais la sensation que rien n'aurait pu l'atteindre. J'aurais pu hurler, ou prononcer des insultes, il ne m'aurait pas entendu – il était seul, seul avec son Destin.

Il a donc gratté les jeux qu'il tenait entre ses doigts, l'un après l'autre ; il gagnait des sommes minuscules avec lesquelles il achetait de nouveaux jeux, il entrait, il sortait du débit de tabac, jusqu'au moment où il a perdu totalement et où il n'avait plus ni argent ni ticket gagnant.

Il a haussé les épaules, « Bon, on peut pas gagner à tous les coups ».

Il m'a emmené chez lui et j'ai découvert pour la première fois l'endroit dans lequel il habitait : le Studio où le Propriétaire le laissait vivre gratuitement.

L'endroit sentait le carburant. À cette odeur s'ajoutaient celle de la cigarette et celles des fluides humains, la transpiration, l'urine. Le Studio était si petit qu'il concentrait toutes les odeurs de la vie de mon frère. Je me souviens, il m'a proposé de faire cuire des steaks hachés et il les a jetés directement du congélateur dans une poêle, avec un morceau de beurre trop épais.

Il s'est assis face à moi et nous avons discuté. Alors qu'on mangeait, il a sorti son téléphone de sa poche et il s'est connecté à un site internet ; je lui ai demandé ce qu'il faisait. Il m'a dit qu'il s'était inscrit sur un site de rencontres : « Il y a plein de filles dessus elles ont toutes envie de baiser. »

À partir de ce moment-là mon frère ne m'a plus parlé : il avait les yeux rivés à l'écran de son téléphone. Il envoyait des messages à des femmes inconnues, certaines lui répondaient aussitôt.

Tout à coup il s'est levé ; il était désolé, il devait partir. Il a pris sa veste et il a disparu.

Un ami me dit : Ton frère était aussi gentil avec les autres en dehors de ses crises et de ses explosions parce qu'il voulait être aimé. Il buvait et il devenait agressif parce qu'il pensait qu'il aurait dû être aimé plus qu'il ne l'était. Sa gentillesse, sa violence, tout s'explique par son rapport malade à l'amour.

Un ami me dit : Ton frère était avant tout victime de l'addiction. L'alcool, les jeux, les femmes, et même, d'une certaine façon, ses complaintes. Tout était affaire d'addiction.

Un ami me dit : Si son père est mort aussi jeune de l'alcool c'est peut-être la preuve que ton frère avait hérité génétiquement de ce problème, et alors toutes tes théories s'effondrent.

Un ami me dit : Ton frère s'est suicidé.

Un ami me dit : Si un des Boinet est mort à trente ans lui aussi comme tu me l'as raconté, et votre cousin Sylvain, et son père à peine plus âgé, c'est que sans t'en rendre compte, tu fais l'histoire d'un monde où on meurt à trente ans, quarante ans. N'entre pas dans la psychologie. C'est le récit d'un destin de classe que tu fais avant tout.

Mes amis ont des idées claires et moi je ne sais pas, je ne sais pas.

FAIT NUMÉRO 12

Quand je lui rendais visite dans son Studio, c'était de la même chose qu'il me parlait chaque fois : son père, la cruauté de mon père, la distance de son entourage avec lui, leur froideur.

Les mois passaient et quand je retrouvais mon frère il était chaque fois plus atteint par l'alcool, communiquer avec lui devenait difficile : il ne finissait plus ses phrases, il tombait malade, il perdait connaissance, d'autres jours il s'endormait au milieu des conversations.

Combien de fois est-ce que je suis retourné le voir dans son Studio-garage ? Dix, vingt fois ? Trente ?

Le canapé se trouvait à un peu moins d'un mètre de la porte d'entrée. C'était un canapé qui se transformait en lit mais très vite mon frère n'a plus eu la force de le replier et il prenait toute la place chez lui. À droite, un écran de télévision géant. À gauche, une petite table pour deux personnes et un minuscule coin cuisine avec un évier. Et les morceaux de tabac marron, partout, sur le sol et les meubles.

Et les odeurs.

À la sortie du lycée quand je marchais dans les rues du centre-ville d'Amiens avec ma plus proche amie Elena, il m'arrivait d'apercevoir mon frère au loin, une bière à la main, l'air d'un mort-vivant de moins en moins vivant. Je changeais de route pour ne pas devoir lui parler. Géraldine, en évoquant cette époque de sa vie, m'avait dit au téléphone : « Excuse-moi de te le dire mais au moment où je me suis séparée de ton frère c'était devenu un zombie », et quand je le voyais, c'est ce que je pensais, je pensais même des choses pires que celle-là, je n'en suis pas fier mais je les pensais.

J'essayais de mettre plus de distance entre nous. Je lui répondais moins au téléphone, j'évitais les rues dans lesquelles je savais que j'aurais pu le croiser. Passer du temps avec un alcoolique suscite l'ennui et l'irritation, l'ennui parce que la personne en face de vous est incapable de communiquer normalement, l'irritation parce qu'il est impossible, de l'extérieur, de comprendre pourquoi l'alcoolique ne diminue pas tout simplement sa consommation d'alcool – comme si un minuscule effort de volonté avait pu suffire. Toutes les fois où il insistait pour que je vienne le voir, c'était en fin d'après-midi que j'arrivais chez lui, après mes cours au lycée. Toujours la même scène : j'entendais la musique de l'autre côté de la paroi qui séparait le Studio du garage, et je frappais à la porte pour le prévenir de ma présence, même si je possédais une clé : j'avais peur de le surprendre avec une femme.

Il me criait d'entrer et je le retrouvais assis sur le canapé déplié, entouré par les canettes et par les morceaux de tabac.

– Ça va le petit frère ?

Il parlait souvent aux autres à la troisième personne et il nous encourageait à le faire. Il entamait systématiquement nos échanges avec cette question, et un soir je lui ai répondu que ça n'allait pas, à cause de nos parents. Je me souviens : à l'instant où j'avais prononcé ces mots, un lien s'était formé avec lui, comme jamais auparavant ; pendant que je m'exprimais, mon frère me regardait avec des yeux perçants, comme si ce que je lui racontais lui permettait de décrypter une énigme à laquelle il se consacrait depuis des années.

Le problème était simple : mes parents ne voulaient pas acheter les manuels dont j'avais besoin pour le lycée, ceux qui figuraient sur la liste que l'administration nous avait remise à la rentrée. J'avais été puni plusieurs fois parce que j'avais fait croire, quand on m'avait demandé de sortir les manuels en question, que je les avais simplement oubliés à l'internat ; je préférais passer pour quelqu'un qui n'est pas sérieux que pour quelqu'un de pauvre.

Je disais à mon frère que j'en voulais à nos parents. Il le savait, ils fumaient chacun plus d'un paquet de cigarettes par jour, un paquet de vingt cigarettes chacun et encore la moitié d'un autre paquet, je disais à mon frère qu'avec ce qu'ils dépensaient en une semaine ils auraient pu acheter mes livres, est-ce qu'ils n'auraient pas pu se passer de cigarettes pendant quelques jours ?

Mon frère serrait la mâchoire en m'écoutant. Il répétait avec l'air de s'adresser plus à lui-même qu'à moi, *Les enfoirés, les enfoirés, c'est vraiment qu'une bande d'enfoirés.*

Il m'a demandé si je voulais qu'il appelle ma mère et j'ai répondu que non. Il ne m'a pas écouté, l'alcool exacerbait ses réactions ; il s'est levé et il a composé le numéro de ma mère sur son téléphone. Elle n'a pas décroché et il lui a laissé un message, il tournait sur lui-même dans le Studio en parlant, il agitait sa main libre et il s'énervait, il lui disait qu'elle devait m'acheter ces livres, elle devait trouver une solution.

Il lui a ordonné de rappeler rapidement.

Quand il a raccroché il a repris sa place sur le canapé et il a continué de chuchoter : *Je les laisserai pas faire, les enfoirés.*

Ce soir-là il avait préparé un repas pour nous deux. Je mangeais, assis en face de lui, mon frère fumait, je ne me souviens plus des sujets de nos conversations mais je me souviens qu'il s'était interrompu au milieu d'une phrase et qu'il m'avait dit en me regardant dans les yeux :

– Ah d'ailleurs avant que j'oublie il faut que je te raconte ce qui est arrivé la semaine dernière.

Il avait marqué une pause, bu une gorgée de bière, rallumé son mégot qui s'éteignait sans cesse.

– Gros délire quoi.

La musique continuait derrière nous, une de ses chansons préférées qu'il rejouait en boucle, *Ready or not, here I come, you can't hide.* Je n'avais aucune idée de ce qu'il s'apprêtait à me raconter mais je ne sais pas pourquoi en l'écoutant j'ai ressenti une inquiétude soudaine engourdir mes muscles, peut-être à cause du sérieux qui était brutalement apparu sur le visage de mon frère, peut-être à cause des silences qu'il plaçait entre ses mots.

J'ai murmuré, d'une voix à peine audible, « Ah vas-y raconte », et il a repris une bouffée de tabac.

Il a commencé son récit, ses yeux dans les miens : quelques jours plus tôt, il marchait seul dans les rues, au milieu des murs de briques rouges du Nord et du brouillard, c'était la nuit et il marchait quand tout à coup un homme sur le trottoir l'a regardé.

Mon frère s'est retourné. Est-ce que je pouvais me représenter la situation ? Un homme le regardait, et lui, mon frère, ne comprenait pas pourquoi quelqu'un qui ne le connaissait pas le regardait avec autant d'insistance. Il a observé l'autre longuement à son tour, pour être sûr qu'il ne s'était pas trompé, peut-être qu'il n'avait pas reconnu un ami qu'il n'aurait pas vu depuis longtemps, quelqu'un qui aurait changé d'aspect et qui aurait été difficile à reconnaître, ce sont des choses qui arrivent, alors mon frère l'a scruté, il se concentrait, il se concentrait encore plus, mais rien, aucun indice ni souvenir même lointain, et là, il s'est rendu compte que l'inconnu continuait de le fixer. Et mon frère a vu ce qu'il y avait dans les yeux de l'homme sur le trottoir d'en face : du désir. L'homme regardait mon frère parce qu'il le désirait.

Je n'étais qu'à quelques centimètres de mon frère pendant qu'il me décrivait la scène. J'essayais de ne pas baisser le regard, de ne pas laisser transparaître un signe qui aurait pu laisser penser qu'en parlant de cet inconnu dans la rue c'était indirectement de moi que mon frère parlait. Est-ce qu'il le faisait exprès ? Est-ce qu'il me racontait cette histoire parce qu'il voulait me mettre face aux soupçons qu'il nourrissait quand il pensait à moi ? Est-ce qu'il l'aurait même inventée pour me pousser à lui faire des aveux, lui dire que, depuis quelques mois, depuis mon arrivée à Amiens, je sortais le soir dans des bars où des hommes qui voulaient coucher avec d'autres hommes se retrouvaient ?

Mon frère me regardait et je le regardais. J'ai pensé que si je continuais de le fixer comme je le faisais, sans cligner des yeux, alors il comprendrait que son histoire me troublait.

J'ai essayé de poser une question : « Et alors ? Qu'est-ce qui s'est passé quand tu as vu que le mec te regardait ? » – une phrase aussi simple et aussi banale, j'espérais que sa banalité me protégerait. Je pensais aux hommes que j'avais dévisagés moi aussi dans les rues au cours des semaines précédentes, le plus souvent la nuit, en priant intérieurement pour que l'un d'eux comprenne que mon regard était un regard de désir, qu'il m'emporte dans une chambre obscure quelque part ou au sous-sol d'un immeuble et qu'il me déshabille ou m'agenouille face à lui – et j'étais sûr qu'à cet instant précis, mon frère pouvait voir ces images défiler en moi.

Il a repris une gorgée de bière et il a continué : « Bah là j'ai compris que c'était un pédé. C'était un pédé qui me matait pendant que je me promenais dans la rue. Non mais tu imagines le truc ? C'était un suceur de bites. J'ai traversé la route et je lui ai dit Eh toi pourquoi tu me regardes comme ça tu crois que je suis un pédé ou quoi, tu crois qu'on va s'enculer ? Pourquoi tu me regardes comme ça ? »

L'haleine d'alcool de mon frère arrivait jusqu'à moi, une odeur d'alcool macéré dans son estomac qui me donnait envie de vomir, je m'en rends compte, mon propre frère me donnait envie de vomir, la distance entre lui et moi n'était pas seulement abstraite ou sociale, elle était aussi corporelle, olfactive.

Ses postillons venaient s'écraser sur mon visage : « Donc moi je lui gueulais, Pourquoi tu me regardes comme ça toi le pédé ? Et là ce qui m'a fait bien marrer c'est que j'ai senti qu'il avait peur. Lui, le pédé. Il me disait Mais non pas du tout je vous regardais pas monsieur, je vous regardais pas vous vous trompez, et moi je lui demandais Alors tu m'expliques pourquoi tu me regardais comme si tu voulais m'enculer espèce de pédé ? et bon, je voyais qu'il avait peur, ça me donnait encore plus envie de lui mettre une grosse mandale dans sa gueule pour bien le faire morfler. Quand tu vois une victime t'as envie de la traiter comme une victime. Et lui il essayait de se défendre avec sa voix de pédale, limite il me suppliait, Mais je vous jure que vous vous trompez monsieur je vous regardais pas, vous faites une erreur et là il a essayé de s'éloigner alors je l'ai retenu par son bras et je lui ai mis une grosse patate. Il est tombé par terre, il chialait comme une fille, et moi je criais, Pourquoi tu m'as regardé comme ça hein, hein ? Crève pédé, je gueulais, Crève pédé, crève. »

L'existence de l'homosexualité suscitait la révolte et le dégoût en mon frère. Une femme avec laquelle il a brièvement vécu plus tard, à l'époque où je ne le voyais déjà plus et où il avait appris mon homosexualité par ma mère, une autre femme que j'ai retrouvée sur internet et que j'ai appelée au téléphone me l'a confirmé :

– Je dois te dire autre chose, c'est que ton frère ne supportait pas l'homosexualité, et surtout, ton homosexualité – parce que tu es homosexuel, je ne me trompe pas ? Je ne te connais pas. Écoute, j'espère que ça ne te blessera pas, mais il en parlait tout le temps. Sans raison. Parfois on revenait des courses ou d'une promenade et il s'asseyait et il disait, J'en reviens pas que mon frère soit un pédé. On parlait de choses qui n'avaient aucun rapport, et il se mettait à en parler. Il disait qu'il avait envie de te tuer quand il y pensait – je suis désolée de te répéter des phrases aussi violentes, mais tu veux savoir, non ?

Quand des années après avoir agressé cet inconnu dans la rue – s'il l'avait réellement fait, ce que je ne crois pas, ce que je crois de moins en moins – quand ma grande sœur lui avait confirmé ce que ma mère lui avait appris sur ma sexualité, mon frère, déjà, avait répondu qu'il me punirait : il me frapperait à coups de poing pour me remettre les idées en place. C'était trop tard de toute façon, c'étaient les années où j'avais totalement cessé de le voir, mais je sais qu'il répétait autour de lui : « Le jour où je reverrai le petit frère je lui mettrai juste une bonne tarte dans sa gueule, et après on pourra parler normalement » *– ce genre de formule était tellement typique de lui et de sa manière de parler. Les phrases comme celle-là étaient tellement caractéristiques de son arrogance et de sa violence.*

Mon frère pensait qu'il avait le devoir de faire la loi pour rendre le monde meilleur, à son image. Il a toujours pensé qu'il connaissait la manière dont le monde devait fonctionner et qu'il devait agir en justicier. L'une des tragédies de son existence, c'est qu'il pensait que si les autres l'avaient écouté, le monde aurait été plus beau et plus juste. Mais personne ne l'écoutait.

(Et je sais que j'ai déjà posé beaucoup de questions, mais je ne peux pas laisser de côté celle-ci : pourquoi est-ce que la haine de mon frère pour l'homosexualité était aussi profonde, et aussi viscérale ? Dans mes souvenirs, l'homophobie du monde de notre enfance ne ressemblait pas à la sienne. Le plus souvent, l'homophobie ou le racisme dans notre entourage n'étaient pas idéologiques, mais sociologiques : une manière d'être, un langage qu'on

apprenait dès l'enfance sans fondamentalement être en accord avec lui, quelque chose qu'on reproduisait sans même avoir besoin de la volonté ou de la conscience. Mon père, par exemple, avait appris le mot pédé comme il avait appris à dire bonjour ou merci. Il n'avait jamais possédé d'autres mots pour parler de ce que j'incarnais ou de ce qu'incarnaient les gens comme moi. Il professait des idées homophobes devant la télé, il riait des « tapettes », comme son père et son grand-père l'avaient fait avant lui, comme si l'apprentissage de l'humour et l'apprentissage de l'homophobie avaient été une seule et même chose dans sa vie. Pourtant, quand il a compris mon homosexualité, il n'a pas réagi violemment. Il n'a pas été en colère. Il m'a dit qu'il m'acceptait tel que j'étais, et même si cette formule est maladroite, je ne peux pas nier que son comportement m'a surpris, parce qu'il contredisait tous les discours qu'il avait tenus jusqu'alors.

Mon frère était différent. Sa haine de l'homosexualité à lui était ancrée dans son esprit, elle n'était pas seulement un discours répété machinalement mais, je le crois, une idéologie constituée.

Pourquoi ?

Mon frère était si dépossédé de tout, d'argent, de ses rêves, de bonheur, que ce discours de haine était d'une certaine façon tout ce qu'il avait. Je crois que c'est pour ça qu'il s'y accrochait. Ce discours lui donnait un sens, une consistance dans le monde. Sans lui, il n'avait plus rien, il n'était plus rien. Et comme quand il avait agressé Isabelle pour se donner à lui-même l'illusion du Pouvoir, et pour se laisser griser par ce (faux) pouvoir, son homophobie ne représentait qu'une manière pathétique de plus de se faire croire qu'il possédait quelque chose – dans ce cas de figure, une idéologie, une droiture, une supériorité morale.

Mon frère ne faisait que les mauvais choix.)

FAIT NUMÉRO 13

J'essaye de comprendre cette période de sa vie. Mon frère avait vingt-sept ans et je sais qu'il s'était mis en couple avec Stéphanie, une femme qu'il avait déjà commencé à voir à son arrivée à Amiens mais que je n'ai jamais rencontrée.

Lors de mes premières tentatives pour reconstruire la vie de mon frère, après sa mort, je pensais que, même si je ne disposais que d'indices infimes, cette phase de son existence ne serait pas difficile à reconstituer ; j'étais sûr qu'elle suivait une progression logique : Angélique m'avait raconté que mon frère buvait et avait tenté de l'agresser, Géraldine m'avait dit que mon frère buvait et la frappait, et j'en déduisais donc que mon frère avait déchaîné une violence exponentiellement plus grande avec Stéphanie.

S'il avait d'abord lancé une bouteille au visage d'Angélique, puis giflé Géraldine et voulu s'en prendre à ses filles, la suite devait logiquement être pire, et quand j'ai appelé Stéphanie je me suis préparé à entendre des histoires insoutenables de coups, de blessures et de cris.

Mais lorsque je lui ai demandé :

– Est-ce que tu accepterais de me parler de la violence de mon frère ?

elle m'a répondu, étonnée :

– Quelle violence ?

J'ai pensé qu'elle faisait semblant. J'ai imaginé que, comme beaucoup de femmes qui ont reçu des coups, elle ne voulait pas en parler et j'ai dit, à voix basse par peur de la heurter :

– N'en parle pas si tu n'en as pas envie bien sûr, mais je sais que mon frère a été violent avec les femmes qu'il a connues avant toi, et donc je me suis dit que…

Mais Stéphanie m'a arrêté :

– Ton frère n'a jamais été violent. Il n'a jamais levé la main sur moi. Ça, je n'aurais pas supporté. Il pouvait être violent dans son langage et dans sa manière de parler mais je le reprenais.

J'ai insisté mais plus j'insistais et plus elle mettait d'assurance dans ce qu'elle avait déjà dit :

– Non, non, ton frère ne m'aurait jamais fait ça, je te l'ai dit, je n'aurais pas accepté qu'un homme lève la main sur moi.

Et peut-être qu'elle m'a menti, mais je ne le crois pas, c'est une possibilité mais je ne pense pas. Quand je lui posais ces questions elle ne s'exprimait pas avec la certitude d'une personne qui ment et qui aurait appris par cœur une réponse à donner, j'entendais l'étonnement dans sa voix, la fragilité inhérente à la vérité, je ressentais son étonnement face à ma question et face à mon insistance.

Ce que dit Stéphanie, c'est que son histoire avec mon frère n'a pas fonctionné non pas à cause de coups et de cris, mais parce qu'elle voulait l'aider et qu'il n'a pas supporté. Elle voulait lui trouver un nouvel appartement pour qu'il quitte son studio-garage, elle pensait que le lieu dans lequel il vivait avait une mauvaise influence sur lui et brisait sa volonté – comme si l'âme était le miroir d'un lieu. Elle lui cherchait du travail, elle avait entendu parler d'une formation possible dans la région pour devenir ébéniste et elle pensait que c'était un métier idéal pour mon frère, il aurait pu devenir son propre patron, apprendre un métier artistique et créer des objets selon ses désirs.

Ce qu'elle pense, c'est que ce sont ses tentatives pour l'aider qui ont conduit à la fin de leur histoire.

À ce moment du récit, la vie de mon frère bascule. Lui qui les années d'avant avait rêvé, avait eu des rêves trop grands pour lui-même, s'est éloigné, à partir de ce moment, de tout ce qui aurait pu le transformer ou de tout ce qui aurait pu le faire rêver. Si je crois Stéphanie mon frère s'était mis à détester tous ceux qui lui rappelaient qu'il aurait pu changer, ou que peut-être il le pouvait encore. Il avait trop perdu. Il n'avait plus la force de perdre. Il recherchait consciemment l'immobilité parce qu'il avait peur maintenant du futur ou du mouvement – c'est-à-dire, du risque de la répétition de l'échec et de la Blessure.

Il avait subi une vie *hors du temps*. Désormais, il la recherchait.

« Avec ton frère, on aurait pu s'aimer pour toujours.

Il savait être tellement gentil. Même mes amis me le disaient : on n'a jamais, jamais vu quelqu'un d'aussi gentil. Comment est-ce que tu as fait pour en trouver un comme ça ?

Ils ne voyaient pas.

On ne connaît pas un homme tant qu'on ne vit pas avec.

De toute façon, je vais te le dire, ton frère me détestait. Pourquoi ?

Parce que je voulais l'aider, et qu'il détestait tous ceux qui voulaient l'aider.

Mais ça marchait dans l'autre sens, aussi :

Il ne voulait plus sortir qu'avec des gens qui le poussaient à faire ce qu'il faisait déjà, c'est-à-dire à boire et à se laisser aller.

Au moment de notre relation, il s'est mis à revoir des amis qu'il avait pas vus depuis des années, juste parce qu'il savait qu'avec eux il pourrait boire sans limites. Parce qu'il savait que ces gens-là ne l'aideraient pas à s'en sortir, à avancer.

Ça le réconfortait.

Ça, ne pas changer.

Un jour, c'est ce que je te disais, il a rappelé un ami d'enfance. Je lui ai dit, Mais pourquoi tu rappelles ce type que tu n'as pas vu depuis dix ans ?

Et j'ai compris. Ce type arrivait avec des bières et du whisky toute la journée. Il se lavait à peine, il était dégueulasse. Il ne travaillait pas.

Et ton frère l'a préféré lui à moi. Moi qui voulais tout faire pour lui, lui trouver un endroit où vivre, lui trouver un travail, le reconstruire.

C'est tout.

Il buvait trop.

Ça ne pouvait pas durer.

Quand il buvait, il sortait des photos, il me les montrait. Il me disait, Mes parents se sont pas occupés de moi, j'ai toujours été seul. À chaque fois que j'ai voulu faire quelque chose on m'a découragé, c'est à cause de ça que je suis mal dans ma peau.

Est-ce que je te l'ai dit ? Il me montrait des photos de toi aussi.

Il disait qu'il était fier de toi. Il pleurait en parlant de toi, il me disait, Tu vois, mon petit frère, c'est un génie. C'est le génie de la famille. Il me disait, Des comme ça, tu en as dans une famille sur cent, peut-être une famille sur mille, sur dix mille. Personne n'est comme mon petit frère. Il fait des études, il va aller loin.

Mon petit frère va faire ce que moi j'ai jamais réussi à faire et ça c'est ma fierté.

Mon petit frère c'est ma revanche.

Voilà ce qu'il me disait à propos de toi, ton frère, je m'en souviens.

Mais ça ne marchait plus avec lui.

Il ressassait le passé, et moi, je ne pouvais plus rien faire. Qu'est-ce que j'aurais pu faire ?

Il était pris dans un engrenage : il disait que tout le monde le voyait comme un bon à rien, alors il buvait, et comme il buvait, il n'arrivait à rien, et il donnait raison à ceux qui pensaient qu'il était un bon à rien, alors il buvait encore plus.

Comment oublier, quand il n'y a rien devant ?

Quand on n'a rien devant, on se réfugie dans le passé.

On se réfugie dans un passé qui nous blesse.

C'était comme un autre cercle.

Ton frère était pris dans des cercles, des cercles partout.

Un jour on s'est disputés à cause de tout ça et j'ai compris que c'était fini.

J'ai vu que je ne pourrais rien d'autre pour lui alors j'ai abandonné. »

Deux dernières remarques :

1 : Ludwig Binswanger, dans ses analyses de cas psychiatriques comme *Mélancolie et manie* ou encore *Le Cas Ellen West*, fait une proposition étonnante : il affirme en effet que c'est l'amour et l'amour seul qui fait *passer le temps*. Binswanger formule la théorie suivante : que c'est l'amour qui donne la stabilité et la sécurité suffisantes pour permettre à un individu d'avancer, de faire la distinction entre passé, présent, et futur.

Sans amour, pas de temps.

S'il ne peut pas « aimer en sécurité », l'être-présent est « menacé par son néant ».

Cette idée semble avoir fasciné Michel Foucault qui écrit dans *Binswanger et l'analyse existentielle* : « l'angoisse, la déréliction, la facticité, tout cela Binswanger le comprend comme chute et retombée hors de cette sécurité de l'être dans l'amour ».

Mon frère ne se sentait pas aimé. Mais il n'était pas non plus capable d'aimer, il aimait mal, il blessait celles et ceux qu'il pensait aimer, comme il avait blessé Angélique ou Stéphanie. Comment aurait-il pu remettre le temps en marche si c'est l'amour qui le permet mais que lui ne savait plus aimer ?

C'est peut-être à cause de cette incapacité, de ces cercles, comme le disait Stéphanie, que mon frère se trouvait irréversiblement hors du temps.

2 : À propos des rêves qu'avait eus mon frère avant d'y renoncer, reste la question de l'ordre chronologique : est-ce que mon frère souffrait parce que ses rêves étaient trop grands pour lui et qu'ils s'écrasaient contre les limitations qui formaient sa vie, ou est-ce qu'il rêvait parce qu'il était malheureux, déjà malheureux avant ses rêves, et que ces rêves formaient des envolées, des compensations qu'il s'offrait pour échapper, l'espace de quelques instants, à son Malheur ?

Ses rêves étaient-ils des causes ou des conséquences de son Destin ?

FAIT NUMÉRO 14

J'ai vu mon frère pour la dernière fois. C'était plus de neuf ans avant sa mort et je ne pouvais pas savoir que cette dernière fois serait la dernière de toutes les dernières, la dernière radicale, irréversible.

Un ami m'a dit il y a quelques semaines : « Les dernières fois ne s'éprouvent comme dernière fois que quand il est trop tard. Nous passons du temps avec des personnes, nous vivons une certaine vie, un certain quotidien, et un jour nous voyons une de ces personnes sans savoir que c'est la dernière fois. Ce n'est que des mois, une décennie, longtemps après, qu'on s'en rend compte. »

J'avais quitté Amiens un an et demi plus tôt pour aller vivre à Paris. Là-bas, j'avais commencé l'écriture d'un livre dans lequel je parlais, entre autres, de la violence de mon frère, des conflits dans ma famille et de mon homosexualité ; un éditeur l'avait lu et avait accepté de le publier. Le livre s'appellerait *En finir avec Eddy Bellegueule*.

Quelques jours avant la publication, je suis retourné dans le Nord avec l'idée qu'après ce jour je ne pourrais peut-être plus jamais revoir mon frère ; je savais qu'il détesterait ce que j'avais écrit et qu'il m'en voudrait. Je l'ai appelé pour lui proposer d'organiser un dîner avec lui et avec ma sœur, comme un repas d'adieu avant l'impossibilité de lui parler – mais ça, il l'ignorait.

Je lui ai expliqué au téléphone que je m'occuperais de tout, j'achèterais les choses à manger et les boissons, il n'aurait à se soucier de rien, seulement venir et profiter de l'instant. Je le trahissais. Je lui mentais. Je ne ressentais aucun sentiment de culpabilité. Je voulais seulement lui dire adieu.

Je me souviens : chaque geste, chaque image, chaque mot prononcé, je voulais les retenir, qu'ils ne puissent plus jamais m'échapper, parce qu'ils seraient les derniers fragments que je posséderais de l'existence de mon frère – mais *derniers à ce point*, encore une fois, je ne pouvais pas m'en douter.

Le scénario que j'avais imaginé était simple : deux frères se voient pour la dernière fois, l'un le sait, l'autre l'ignore, celui qui le sait a organisé cette réunion en sachant qu'il n'y en aura plus d'autres.

Est-ce que mon comportement était cruel ? Pourquoi est-ce que je tenais à cette cérémonie, si je n'aimais pas mon frère ? Pourquoi est-ce que je tenais tant à retenir son image s'il ne comptait pas pour moi ?

Je suis arrivé chez ma grande sœur où j'avais donné rendez-vous à mon frère : elle vivait à ce moment-là dans la même ville que lui. Elle m'a offert quelque chose à boire, elle a appelé son mari qui se trouvait à l'étage du dessus et en constatant l'interrogation sur mon visage elle m'a dit que mon frère était en retard, mais qu'il arriverait bientôt. Elle a soupiré : il était sans doute avec une de ces femmes inconnues qu'il rencontrait compulsivement sur internet.

Quarante-cinq minutes plus tard mon frère a surgi, les cheveux mouillés. Quand il est apparu sur le pas de la porte j'ai analysé tous les détails de son corps et de son visage.

Sa peau abîmée.

Ses yeux brillants.

Sa chemise parfaitement repassée, en contraste avec le reste de son apparence.

Je le regardais, et en moi, je chuchotais Adieu.

Adieu.

Je lui posais des questions sur lui et sur sa vie. J'essayais, avec son aide, de me rappeler nos rares souvenirs d'enfance en commun, mais la vérité, c'est que je m'ennuyais. La vérité, c'est que je m'étais attendu à une scène d'adieu mémorable mais que l'ennui était le seul sentiment qui naissait de cette soirée, le seul affect que mon frère savait susciter en moi. Mon frère se resservait des verres de whisky avec la bouteille que j'avais achetée, et chaque verre qu'il buvait le rendait plus insupportable, et creusait l'ennui. Tout le monde, ma sœur, son mari, moi, tout le monde n'en était encore qu'à son premier verre mais lui, il se servait encore et encore et il a bu son cinquième puis son sixième verre. Il recommençait ce qu'il faisait quand il était ivre, il donnait des leçons, il me disait que je devais faire attention aux décisions que je prenais pour mon avenir, et que je devais trouver un bon travail, stable. Il redevenait le justicier qu'il pensait être, il disait que le problème de nos jours était les filles qui ne pensent plus qu'à s'habiller comme des putes, lui qui couchait presque tous les jours avec une personne différente il condamnait la liberté sexuelle, et puis est-ce qu'on ne voyait pas que la France était envahie par des Noirs et des Arabes qui ne pensent qu'à être violents et qui ne veulent pas travailler ? C'est ce qu'il affirmait, lui qui avait frappé des femmes, lui qui n'avait jamais réussi à garder un travail à cause de son alcoolisme, il expliquait que tout s'effondrerait autour de nous si la société continuait à perdre ses valeurs.

Je m'en voulais d'avoir organisé ce repas. Je regardais l'heure sur l'écran de mon téléphone ; le temps ne passait pas. Je parlais à ma sœur en essayant d'ignorer mon frère, j'allais dans la cuisine pour m'éloigner de lui, j'évitais de croiser son regard. Vers minuit, enfin, j'ai dit que je devais rentrer, j'avais un rendez-vous tôt le lendemain. Je me suis levé, j'ai pris mon manteau et je me suis apprêté à sortir. J'ai dit au revoir à mon frère en lui faisant un signe avec la main de loin.

Je ne l'ai plus jamais revu.

Plus jamais, ni vivant, ni même mort.

J'ai reçu un message de ma sœur la plus jeune :

– Fais gaffe, il vient chez toi. Il a pris une batte de base-ball, il dit qu'il va te tuer.

Le livre dans lequel je parlais de lui venait de paraître. Comme je l'avais imaginé, il était en colère. Il ne supportait pas que je le décrive comme violent, il était dégoûté par le fait que j'y parlais ouvertement de mon homosexualité et surtout il était révolté parce que, selon lui, j'avais dit « du mal » de notre famille.

Mon frère savait où j'habitais – ma mère avait mon adresse parisienne, elle s'en servait pour m'envoyer des courriers administratifs. Il fallait agir vite. J'ai appelé un ami pour lui demander de l'aide, j'ai expliqué que mon frère était déjà en route, j'avais peur qu'il soit déjà dans la rue, en bas.

Ses yeux injectés.

La batte dans sa main.

Mon ami a essayé de me rassurer : Non, il ne pouvait pas être arrivé aussi rapidement. Mais il fallait que je parte.

J'ai laissé passer quelques secondes, trop longues, j'entendais le silence et les grésillements dans le micro du téléphone, et puis la voix de mon ami a resurgi pour me dire qu'il restait des chambres dans beaucoup d'hôtels à l'autre extrémité de Paris, peut-être que la meilleure chose à faire serait d'aller m'y cacher pendant deux ou trois jours, le temps que mon frère se calme. J'ai dit Oui, oui. Je voulais aller le plus loin possible. M'éloigner de mon frère, de sa rage et de son corps immense.

Je suis parti avec un sac à dos rempli dans la précipitation. J'avais enfilé un pull à capuche aussi, et rabattu la capuche sur mon crâne. Je courais dans la rue, exactement comme plusieurs années plus tard j'allais courir pour la mort de mon frère. Ce jour-là je courais pour éviter la mienne. Je suis arrivé à l'hôtel ; une femme à l'accueil m'a demandé mes papiers, elle m'a donné la carte pour ouvrir la chambre et je suis monté ; j'allais vite. Une fois dans la chambre je me suis assis sur le lit et j'ai attendu. Je savais que mon frère ne pourrait pas rester à Paris, il n'avait nulle part où aller, il ne connaissait personne, il n'avait pas d'argent pour réserver un hôtel, la ville le rejetterait au bout de quelques heures seulement.

Je ne comprenais pas pourquoi mon frère se constituait en défenseur de l'honneur familial, que selon lui je bafouais avec mon livre, lui qui passait son temps à répéter que sa famille l'avait détruit.

Aujourd'hui je réfléchis encore et depuis le jour de ma fuite à l'hôtel la contradiction dans le comportement de mon frère n'a pas cessé de grandir à mes yeux. Pourquoi avoir voulu me tuer pour me punir d'avoir dit « du mal » de notre famille quand lui le faisait chaque soir auprès des femmes avec qui il vivait ?

En vérité je n'ai jamais su si mon frère était vraiment venu à Paris ou s'il l'avait dit à ma sœur dans un mouvement de colère qu'il n'a pas concrétisé ensuite. Ma mère non plus ne sait pas. Quand je lui demande, elle hausse les épaules et elle me dit : « Oh, c'était pour te faire peur, même s'il avait pris la batte il t'aurait quand même pas tapé avec. Ou en tout cas il t'aurait pas tué. »

Silence et disparition.

J'ai passé quarante-huit heures dans cette chambre d'hôtel, peut-être un peu plus. Je n'ai rien fait. J'ai attendu. Je suis rentré chez moi et je n'ai plus pensé à mon frère, pendant des années.

Nos vies, ce n'était ni ma vie ni la sienne mais l'écart entre nous deux.

Pendant que mon frère buvait j'étudiais la philosophie, je lisais des romans.

Pendant que mon frère buvait j'écrivais.

Pendant que mon frère buvait je voyageais.

Rien ne peut dire cette distance entre nous. Rien ne peut dire la distance mais cette distance dit tout. La distance est une mémoire. Même quand je ne pensais pas à mon frère je ne l'oubliais pas. *Je ne l'oubliais pas parce que sa vie était celle que j'aurais pu avoir, et que je ne l'ai pas eue*, écrit Jamaica Kincaid. Je ne l'oubliais pas parce que sa vie contenait et représentait une trace de la mienne, de ma fuite loin de lui.

Je ne pensais pas à mon frère mais pendant des années après l'histoire de la batte de base-ball ma mère a continué à me donner des nouvelles de lui, la plupart du temps au téléphone. Elle me parlait de ses problèmes d'alcool qui s'aggravaient. Elle ne pouvait plus se mentir à elle-même comme elle l'avait fait pendant si longtemps, quand elle promettait à tous ceux qui l'interrogeaient sur mon frère qu'il se soignerait.

Elle me disait maintenant : « Ton frère est malade. »

Elle me disait : « On a fêté ses trente-trois ans mais il tenait même plus debout, tu le verrais, il perd ses dents, il grossit tellement qu'il est essoufflé tout le temps. »

Elle me disait :

– J'essaye de le forcer à se soigner, mais il m'écoute pas, qu'est-ce que tu veux que je fasse… Je ne peux rien faire s'il n'a pas la volonté de changer. Il est majeur et il ne peut être hospitalisé que s'il accepte. Mais il ne veut pas. Quand on lui dit qu'il a un problème d'alcool, il répond qu'on exagère. Je voudrais avoir le droit de l'attacher à un lit d'hôpital pour le sauver mais je n'ai pas le droit.

Elle était désespérée.

Elle essayait mais c'était comme si elle tentait de retenir de l'eau entre ses doigts. Elle m'avait appelé un jour pour me dire qu'elle avait une bonne nouvelle, cette fois elle était certaine que mon frère allait guérir : elle avait réussi, à force d'insister, à le convaincre d'entamer une cure de désintoxication. D'être simplement parvenue à lui faire admettre qu'il avait un problème avec l'alcool était une étape immense.

Il a commencé la cure, mais il n'a tenu qu'une dizaine de jours. Il se cachait pour boire ; sans alcool, il perdait la raison, il poussait des cris dans la nuit, il brisait des objets. Il s'attrapait le crâne et il criait qu'il avait besoin de boire, il en avait besoin, il fallait lui donner un verre.

Ma mère commentait : « C'est dur de voir son bébé comme ça. De le voir souffrir. » Pendant les mois qui ont suivi, elle a tenté de le convaincre encore deux fois d'arrêter, mais les cures étaient de moins en moins longues, il les abandonnait de plus en plus rapidement.

Le désespoir : c'est aussi ce qu'a ressenti mon petit frère au même moment.

Il avait des problèmes d'argent, il ne pouvait pas payer de loyer et mon grand frère l'a hébergé pendant quelques mois.

Mon petit frère lui avait donné un surnom :

– C'est là que j'ai commencé à l'appeler Monsieur Moi. C'est le surnom que j'avais trouvé pour lui, parce qu'il était pas capable de voir les problèmes des autres, il voyait que les siens. Toutes les nuits il mettait la musique à fond sur la télé et il regardait dans le vide. Moi j'avais des formations pour le travail mais il en avait rien à foutre. Il se plaignait. Il parlait que de lui. Quand il parlait il ne disait que Moi, Moi, Moi, Moi, sauf qu'il voyait pas les problèmes qu'il créait dans la vie des autres.

J'ai répondu à mon petit frère que peut-être ce n'était pas sa faute, que c'était sa vie qui l'avait rendu prisonnier de son Moi et qu'il ne pouvait plus en sortir. Peut-être qu'il était autant une victime de son obsession de lui-même que les autres, peut-être qu'il en souffrait encore plus puisqu'il le vivait de l'intérieur. Quand j'ai formulé cette idée mon petit frère a ri :

– On voit que tu ne le connaissais plus depuis longtemps.

FAIT NUMÉRO 15

Tout était terminé pour lui. Mon frère le pressentait. Il dressait à mon autre frère des listes de ce qu'il pourrait garder s'il venait à mourir. Personne ne prenait ces listes au sérieux, il n'avait que trente-quatre ans, trente-cinq ans, mais aujourd'hui tout le monde se demande à partir de quel moment mon frère a su qu'il allait mourir, s'il en avait une connaissance intime, secrète.

L'avertissement de la mort.

Un an avant son effondrement définitif – il avait donc trente-sept ans – ma mère m'a appelé un après-midi pour me dire que mon frère était à l'hôpital. Il avait fait une hémorragie interne, ses organes étaient trop abîmés par l'alcool, ils cédaient sous le poids de leur seule existence. Tout en lui s'arrachait comme du papier vieilli. Il a perdu connaissance et il a été hospitalisé pendant un mois.

On ne savait pas s'il allait vivre.

Dans cet intervalle, je n'ai pris aucune nouvelle de lui.

Il s'en est sorti, de justesse. Les médecins lui ont dit de ne plus consommer de bière ou de whisky, son foie ne fonctionnait plus qu'à trente pour cent de ses capacités normales. Les médecins ont dit que s'il continuait de boire, quelque chose de grave arriverait, il mourrait, ma mère m'avait appris que les trente pour cent de fonctionnement du foie représentent un palier symbolique, elle m'avait dit qu'un foie peut fonctionner à trente pour cent de ses capacités, y compris pendant des décennies, mais qu'en dessous de ce palier, il n'y a plus d'espoir, c'est la mort.

Il devait arrêter de boire s'il voulait vivre. Il n'a pas arrêté.

J'ai bu pour m'évader et l'alcool est devenu ma prison.

Une parenthèse : dans le village où j'ai grandi avec mon frère, il y avait un arrêt de car dans lequel les garçons, génération après génération, passaient des soirées à attendre, à ne rien faire, à boire de l'alcool et à discuter pour tuer le temps. C'était comme une tradition non écrite, une culture qui se transmettait : mon père avait écoulé une grande partie de son adolescence dans cet arrêt de car, mon frère aussi, et jusqu'à environ quinze ans, j'avais fait la même chose.

L'arrêt de car avait été construit avec des briques rouges typiques du Nord et des poutres de bois épaisses. Sur les murs, il y avait des inscriptions marquées à la craie ou au feutre, directement sur les briques.

La plupart disaient Nike la police, A mort les PD, A more les bougnoules, ou faisaient des déclarations d'amour, Deborah je te kiffe, Betty t'es ma princesse. Personne ne les lisait vraiment, elles faisaient partie de notre paysage, elles étaient là, autour de nous, avec nous. Il y avait aussi des noms et des surnoms que certains inscrivaient, comme pour souligner leur existence ou peut-être par peur de disparaître, comme un écrivain peut laisser son nom sur la couverture d'un livre en espérant que ce nom lui survivra.

Une nuit, sans vraie raison, seulement parce que nous ne trouvions rien d'autre à faire, avec Romain, Yann et Kevin, les trois garçons avec lesquels je passais le plus de temps, nous nous sommes mis à nous lire à voix haute les inscriptions sur les parois de brique, chacun notre tour. Je me souviens des inscriptions, Péponne Le boss, Brad, Brandon enculé… et puis là, en bas, sur une brique érodée, marqué en blanc, il y avait écrit Momole.

C'était moi qui avais lu ce – quoi ? Cette inscription, ce mot, ce nom.

Je me suis tourné vers les autres et j'ai demandé, Mais c'est qui Momole ?

Les autres ont été encore plus étonnés que moi, non pas par ce que je venais de lire, mais par ma question. Yann a répondu, Bah Momole c'est ton grand frère, tout le monde le sait. Les deux autres ont acquiescé, comme pour une chose évidente.

Tout le monde le savait, sauf moi.

Quand je suis rentré chez mes parents j'ai couru jusqu'à la chambre où mon frère regardait la télé, et je lui ai demandé :

– C'est vrai que les autres t'appellent Momole ? C'est ton surnom ? Pourquoi ils t'appellent comme ça ?

Mon frère m'a regardé d'un air menaçant et il m'a dit que si j'en parlais encore, il me tuerait.

En écrivant la vie et la mort de mon frère, je me demande quelle est la quantité d'autres choses que je ne connais pas, peut-être des choses que tout le monde sait, tout le monde sauf moi, comme ce surnom inscrit à la craie blanche sur une brique.

Anne Carson note à la mort de son frère : « Nous voulons des autres qu'ils aient un centre, une histoire, une explication, quelque chose qui ait du sens. Nous voulons être capable de dire Voilà ce qu'il a fait et voilà pourquoi. Cela forme un rempart contre l'oubli. »

Peut-être que je ne sais rien de mon frère, mais j'ai besoin de croire que je sais. Peut-être que j'ai besoin d'une histoire, d'une explication, de quelque chose qui ait un sens.

D'un rempart contre l'oubli.

FAIT NUMÉRO 16

Ma mère m'avait prévenu. Noël approchait, mon frère avait déjà fait plusieurs allers-retours à l'hôpital depuis son hémorragie et elle m'avait dit que c'était peut-être le dernier réveillon qu'il passerait en vie. Elle avait insisté :

– Tu es sûr que tu ne veux pas faire Noël avec nous ? Je pense que ce sera le dernier Noël de ton frère, si tu veux lui parler c'est maintenant. Et lui il dit qu'il veut absolument te voir.

J'ai refusé.

Elle m'a appelé une dizaine de jours plus tard pour me dire qu'on l'avait retrouvé, effondré, sur le sol de son appartement.

J'ai pensé, à un moment, que sans doute ma mère était soulagée par cette mort : peut-être parce qu'elle avait trop vu mon frère souffrir pendant les années qui venaient de passer, peut-être qu'elle avait elle-même trop souffert de ses excès, de ses séjours à l'hôpital, du stress que toutes ces situations engendraient en elle – elle avait organisé des dîners de famille avec mes autres frère et sœurs les derniers temps, auxquels elle ne l'avait pas invité, en se justifiant, avec une légère tonalité de honte et de culpabilité dans la voix, « C'est pas que je veux pas de lui mais il va encore trop boire si on l'invite et il va encore faire n'importe quoi, se mettre à crier ou à vomir partout ».

Quand elle m'a annoncé sa mort, et qu'elle pleurait, elle m'a dit « C'est le plus dur pour une mère, c'est de perdre son enfant », et pourtant je ne pouvais pas m'empêcher de me demander si elle n'avait pas l'impression qu'un long cauchemar se terminait enfin.

Et puis, trois mois plus tard, ma mère s'est réveillée un matin et elle ne marchait plus. Elle n'avait qu'une cinquantaine d'années, mais elle était soudainement incapable de se déplacer sans ressentir des douleurs terribles. Je l'ai emmenée chez des médecins, elle a vu des spécialistes, et dans son cabinet, un chirurgien a fini par lui dire que sa hanche était grièvement abîmée. Il fallait la remplacer. La destruction précoce de cette hanche s'expliquait par les années qu'elle avait passées à s'occuper de personnes âgées dans le village, à les nettoyer, à leur apporter des soins et à les soulever, mais ce n'était pas tout, il y avait autre chose, la hanche semblait avoir subi un choc violent qui avait achevé de rendre ma mère invalide.

J'ai appelé mon petit frère un soir pour lui demander de m'aider à rassembler des affaires en vue de l'opération, et quand je lui ai parlé de ce problème de hanche il m'a répondu : Ça ne m'étonne pas.

J'ai dit : Ah, pourquoi ?

Et lui : Tu ne le sais pas ? Quand le médecin a annoncé à maman qu'ils allaient le débrancher *(lui, notre frère)* elle a perdu connaissance. Elle s'est évanouie, dans l'hôpital, et j'ai eu le temps de la rattraper pour ne pas qu'elle se fracasse le crâne par terre. Par contre je n'ai pas eu le temps d'éviter le choc de sa hanche. Elle est tombée et la hanche s'est cognée sur le sol.

Je ne savais pas que l'amour de ma mère pour mon frère était aussi profond, au point de lui faire perdre connaissance.

Je ne savais pas que cette scène avait existé.

Encore une chose que je ne savais pas.

Pour les références et citations au fil du texte

Ludwig Binswanger, *Le Cas Ellen West*, traduit par Philippe Veysset, Gallimard, 2016.

Ludwig Binswanger, *Mélancolie et manie*, traduit par Jean-Michel Azorin et Yves Tutoyan, revu par Arthur Tatossian, Presses universitaires de France, 1987.

Ludwig Binswanger, *Délire. Contributions à son étude phénoménologique et daseinsanalytique*, traduit par Jean-Michel Azorin et Yves Tutoyan, revu par Arthur Tatossian, Million, 2010.

Anne Carson, *Nox*, New Directions, 2009. Traduit ici par l'auteur.

Joan Didion, *L'Année de la pensée magique*, traduit par Pierre Demarty, Le Livre de Poche, 2007.

Michel Foucault, *Binswanger et l'analyse existentielle*, EHESS-Gallimard-Seuil, « Hautes Études », 2021.

Sigmund Freud, *Deuil et mélancolie*, traduit par Aline Weill, Payot, « Petite Bibliothèque Payot », 2011.

Jamaica Kincaid, *Mon frère*, traduit par Jean-Pierre Carasso et Jacqueline Huet, Éditions de l'Olivier, 2000.

Julia Kristeva, *Soleil noir*, © Gallimard, 1987.

Hubertus Tellenbach, *La Mélancolie*, traduit par Louise Claude et Daniel Macher, Presses universitaires de France, 1979.

Voir aussi :

Ludwig Binswanger, *Analyse existentielle et psychanalyse freudienne, Discours, parcours, et Freud*, traduit par Roger Lewinter, Gallimard, 1970.

Eugène Minkowski, *Le Temps vécu*, Presses universitaires de France, 1995.

Les Éditions Points s'engagent pour la protection de l'environnement et une production française responsable

Ce livre a été imprimé en France, sur un papier certifié issu de forêts gérées durablement, chez un imprimeur labellisé Imprim'Vert, marque créée en partenariat avec l'Agence de l'eau, l'ADEME (Agence de l'environnement et de la maîtrise de l'énergie) et l'UNIIC (Union nationale des industries de l'impression et de la communication).

La marque Imprim'Vert apporte trois garanties essentielles :

- La suppression totale de l'utilisation de produits toxiques
- La sécurisation des stockages de produits et de déchets dangereux
- La collecte et le traitement de produits dangereux

RÉALISATION : NORD COMPO À VILLENEUVE-D'ASCQ
IMPRESSION : MAURY IMPRIMEUR À MANCHECOURT (45)
DÉPÔT LÉGAL : OCTOBRE 2025 - N° 160341 (286301)
IMPRIMÉ EN FRANCE